D1594271

RIGO ES AMOR
Una rocola a dieciséis voces

Cristina Rivera Garza
Coordinadora

Betto Arcos	Susana Iglesias
Juan Carlos Bautista	Alisma de León
Benerva!	Fabrizio Mejía Madrid
Elda L. Cantú	Élmer Mendoza
Carlos del Castillo	Julio Pesina
Leonardo da Jandra	Irma Pineda
Eduardo de Gortari	Pepe Rojo
Yuri Herrera	Daniela Tarazona

ENSAYO
TUSQUETS
EDITORES

Índice

Presentación
Mi Matamoros querido,
Cristina Rivera Garza   9

El planeta Rigo Tovar
Lo que vieron sus ojos,
Daniela Tarazona 19
Rari' nuu Rigo Tovar, Irma Pineda 30
*Recordando a mi hermano con las canciones
de Rigo Tovar,* Betto Arcos 33
No me odies por ser tan guapo,
Fabrizio Mejía Madrid 45

Yo simplemente me tengo que dejar
Yo también nací en el 46,
Élmer Mendoza 51
La sirenita: objetividad y ficción,
Leonardo da Jandra 56
Popurrí malogro, Carlos del Castillo 68
*La ley de la pasión: En las estepas del
Asia Central,* Juan Carlos Bautista 80

No que no
Bigger than the Pope, Benerva!.   93
Queremos tanto al tío Rigo,
Elda L. Cantú   95
No son palabritas, Alisma de León   99

Todo el que olvida recoge quimeras
Lamento de amor //Rigo Tovar//,
Eduardo de Gortari   109
El hilo de tu voz, Yuri Herrera.   111
Cerrar, Susana Iglesias.   118

Quítate la mascara
Rigo is a Demon (45 rpm), Julio Pesina   131

Dejarlos a todos contentos
Rigo fue amor, Pepe Rojo.   151

Los autores   163

Presentación

Mi Matamoros querido
Cristina Rivera Garza

¿De dónde es Rigo Tovar?, me respondían siempre que mencionaba el sitio donde había nacido. Matamoros. Al norte de Tamaulipas. Frontera con Estados Unidos. Fue así, a través de esa pregunta tantas veces disfrazada de respuesta, como aprendí que no había iniciado mis días nada más en un territorio sino también, acaso sobre todo, en un nombre. Mi Matamoros querido. En un mito. Nunca te podré olvidar. Con el paso del tiempo me acostumbré a contestar que sí, que Rigo Tovar era de donde es y de donde sigue siendo. Vengo de Matamoros, Tamaulipas, sí. Ahí nací.

El origen, sin embargo, no es un dato estable y ni siquiera un contexto estable. La meta, ya lo decía Karl Krauss, la meta es el origen. El origen, en todo caso, es lo que se construye después. El origen está en el camino de regreso. Por muchos años, quiero decir, la referencia a Rigo Tovar y su Costa Azul me resultó más bien confusa. Yo había nacido en Matamoros, en efecto, pero había dejado el lugar bastante pronto. Dos años de edad. Las ligas familiares me habían obligado a regresar verano tras verano por algunos años más, pero no a la ciudad propiamente dicha, sino a sus afueras: pequeños poblados agrícolas con nombres como Anáhuac, Valle Hermoso o Control, donde se había sobrevivido por generaciones enteras gracias al cultivo del algodón hasta que, hacia 1962, una plaga lo destruyó todo y se comenzó a sembrar sorgo. Se trataba, sí, de las tierras en las que, en 1913, se había llevado a cabo el primer reparto agrario de la Revolución Mexicana dirigido por el general Lucio Blanco y avalado, entre otros, por Francisco J. Mújica contra la hacienda Los Borregos, entonces propiedad del general Félix Díaz. Y también era el sitio donde, pasada la etapa armada de la Revolución, se había establecido el Distrito de Riego del bajo río Bravo que, desde 1935, aseguraba el riego de aproximadamente doscientas mil hectáreas del valle. Cuentan las leyendas familiares que por esos años, mientras se corría la voz de que había tierras disponibles en la frontera norte, grupos migrantes de la zona Huasteca de San Luis Potosí y futuros repatriados de Texas se movieron de sur a norte y de norte a sur respectivamente para desmontar las tierras con las que se conformarían las colonias agrícolas, de propiedad privada, y los ejidos, de propiedad comunitaria, de la región a la que Rigo Tovar le dedicara su primer disco, *Mi Matamoros querido*, grabado, de entre todos los lugares del mundo, en Houston, Texas, en 1971.

Los que se van tienen tanta necesidad de recordar como de olvidar. Todo migrante lo sabe bien. Hay que conservar el recuerdo vivo para plantar los pies en la tierra y construir una brújula más o menos estable de identidad, pero también hay que borrar lo suficiente para poder seguir adelante. De otra manera la nostalgia sería insoportable. De otra manera nadie dejaría su lugar de origen. Y nadie, luego entonces, lo construiría después, convertido ya en la meta, como aseguraba Karl Krauss. Mis padres, que crecieron en ese ambiente agrícola donde una familia podía vivir bien gracias al trabajo requerido para cultivar unas veinte hectáreas de algodón, dejaron el valle atrás. Iban, según dicen todavía, a la aventura. No sabían si volverían o no. Aguerridos y tercos, arriesgados, libres, recorrieron primero el norte y después el centro del país muy de conformidad con las rutas del Milagro Mexicano y el ascenso de sus clases medias ilustradas. Podría decir que, a medida que los posgrados en ciencia y los modales urbanos entraron por la puerta, Rigo Tovar salía por la ventana, pero, en sentido estricto, eso no es cierto. A diferencia de los corridos norteños, el huapango, la polca o la redova, el bolero ranchero y el son huasteco, la música tropical que practicaba Tovar nunca había logrado entrar ni mucho menos arraigarse en casa. A diferencia de Eulalio Gutiérrez «Piporro», cuyo apego a cierta etiqueta norteña sigue creando devotos dentro y fuera de la familia, la pinta de un hombre de cabello largo y perennes lentes oscuros que, para colmo de males, combinaba la electrónica con la cumbia para cantarle sólo al amor, nunca fue motivo de devoción ni de respeto en una familia de «workahólicos» empecinados en cambiar el mundo. Por eso, en muchos sentidos, mi primer encuentro con Rigo Tovar se llevó a cabo en esa respuesta disfrazada de pregunta con que culminaba toda conversación sobre mi lugar de origen. Mi Matamoros querido. ¿Te podré olvidar?

Supe, tiempo después, su nombre de origen: San Juan de los Esteros Hermosos. Y ese nombre me gustó. Supe que aun más tarde, pero todavía en el siglo XVIII, se convirtió, gracias a la influencia franciscana, en la congregación de Nuestra Señora del Refugio de los Esteros. ¿Así que en el origen de todo hay siempre un estero? En el origen de todo hay siempre un estero, sí. Eso es cierto. Supe que al inicio de todo esto estuvieron trece familias interesadas en invertir en la producción ganadera, a pesar de las inundaciones recurrentes que provocaban los desbordamientos del río Bravo. Supe que, para 1826, era ya la villa de Matamoros a la que enfrentamientos exitosos contra ejércitos invasores tanto de los Estados Unidos como de Francia le ganarían con el tiempo los apelativos de «heroica», «invicta» y «leal». Supe, y lo supe leyendo cosas aquí y allá, que, hacia la tercera mitad del XIX, habilitado ya el Puerto Bagdad, se aprovechó su estratégica ubicación para el comercio, y que unos cuantos años más tarde dio inicio la construcción del ferrocarril que acabaría uniendo Matamoros con Monterrey. Me enteré también de que, no por casualidad, hacia fines del XIX un comerciante que huía de las estrictas divisiones raciales del sur de los Estados Unidos se estableció en Matamoros, construyendo lo que hasta ahora se conoce como la Casa Cross. Y de esta saga matamorense tal vez la poeta Elsa Cross escriba algo algún día. Supe, porque pregunté muchas veces, de dónde venían y cómo se cultivaron las tierras que nos dieron vida. Cuánto costaba el agua de riego. ¿Fue cierto el mítico apretón de manos que el general Lázaro Cárdenas le dio a mi abuela en algunas de sus giras por la región?

Eso nunca lo sabremos en realidad, pero seguro fue cierto. En los viajes de verano que marcaban el regreso al origen, mientras atravesábamos el territorio nacional por carretera, supe, porque pregunté por los nombres exactos, qué era una brecha o un drene o un canal. Nadé y me perdí por muchos de ellos. Agarrarse de una soga, balancearse en el aire y dejarse caer en el centro del agua siempre fue más que un reto para cualquier niño. Algo en el vértigo de la caída todavía sabe a lo que sabe la palabra libertad dentro de la boca. Y ahí también, en los bailes con los que el pueblo solía festejar el fin de año, aprendí a distinguir los sonidos que respondían al nombre de Rigo Tovar. Así que de ahí era, me repetía yo entre maravillada e incrédula. De donde es Rigo Tovar.

Crear distancia es una cuestión de vida o muerte. Si es poca, no te dejará mover en paz. Si es mucha, nunca habrá manera de agarrarse a algo. La extraña danza entre el recuerdo y el olvido. La estrategia de la pertenencia relacional. Empecé a sospechar cuando, sin premeditarlo, buscaba lugares para escucharlo. Lo hacía cuando quería sentir eso, o sentirme así. Y ni *eso* ni *así* tienen todavía una estricta definición en mi diccionario. Rigo Tovar, me decía entonces, había seguido la ruta más o menos conocida de todo habitante del valle (o para decirlo de manera más precisa, «del Valley»). Había cruzado la frontera después de y mientras practicaba miles de oficios. Había terminado (o iniciado), como tantos, en Houston, Texas. Que su primer disco hubiera sido producido en la esquina de Montrose y Main, muy cerca de un barrio en el que viví yo años después cuando estudiaba mi doctorado en la Universidad de Houston, es menos una casualidad mágica y más un derrotero común de la migración típica de fines de siglo xx. Creo que no exagero si digo que mi costumbre de escucharlo no nació en México sino precisamente en Texas. Surgió en esas fondas o taquerías de servicio continuo las veinticuatro horas del día donde recalaban por igual *hippies* pasados de copas y disciplinadas estudiantes de posgrado y *neohipsters* de afán multiculturalista y chicanísimas feministas sin sueño para disfrutar el mítico burrito de carne asada que nos hacía aguantar eso que a veces hay que aguantar para seguir fuera. En algún momento debió suceder. En algún momento empecé a tararear, o incluso a cantar en voz muy baja, *Mi Matamoros querido* mientras estudiaba gruesos volúmenes donde se analizaba la conducta radical de otro norteño: Juan N. Cortina, por ejemplo. Es extraño, por decir lo menos, tararear melosas canciones de amor mientras se leen los libros siempre fronterizos de otra tejana ejemplar, Gloria Anzaldúa. En algún momento, sobre todo en los viajes que me llevaron al centro del país, empecé a privilegiar los lugares con rocolas de donde saliera la voz de Rigo Tovar. Pronto todas mis reuniones en lo que sigo llamando La Capital se llevaron a cabo en ese planeta privado: Rigo es Amor. Sé que se trata de un planeta que no por ser inmensamente personal no es también compartido, y de manera por demás intensa, con otros.

Algunos de esos otros, que son en realidad muchos más (alguna vez llenaron un concierto con cuatrocientas mil personas), están aquí, en estas hojas, escribiendo sobre él o escribiendo con él. Ya desde Tamaulipas mismo o desde los muchos otros lugares del país y fuera del país que tocó con su música y con su mito, todos escriben desde su contacto con Rigoberto Tovar García —hijo de padre tamaulipeco y madre texana— quien nació un 29 de marzo de 1946 y murió, cincuenta y nueve años después, un 27 de marzo de 2005. Algunos, como los reconocidos escritores Élmer Mendoza y Daniela Tarazona, utilizan las herramientas más finas de la ficción para recrear el mundo rigotovarista de sus tiempos y sus gustos. Otros, como Lizzy Cantú, oriunda de Reynosa pero escribiendo desde Lima, Perú, o Betto Arcos, haciendo lo suyo desde Los Ángeles, California, retoman el testimonio personal para revivir un tiempo y un espacio que todavía nos hace palpitar. Tanto Irma Pineda, la poeta zapoteca, como Eduardo de Gortari, escribiendo desde la ciudad de México, y Carlos del Castillo, de Tamaulipas, intervienen letras conocidas de Rigo Tovar con las enunciaciones de la experiencia propia; y algo parecido practican Minerva Reynosa y Benjamín Moreno, poetas de Monterrey y Querétaro respectivamente, pero escribiendo ahora mismo desde Rhode Island. Leonardo da Jandra, desde las afueras de Oaxaca, y Juan Carlos Bautista, desde el mismísimo Distrito Federal, optan por recalcar el relajo y el erotismo intrínseco al planeta Rigo es Amor. Mientras que Alisma de León —escritora de la fronteriza Reynosa— recrea el mítico pináculo de la fama de Rigo Tovar, tanto Yuri Herrera, escribiendo desde Nueva Orleáns, como Susana Iglesias, desde el centro de la ciudad de México, optan por el lado más oscuro del rigotovarismo, ahí donde el corazón se quiebra y a veces también el cuerpo y hasta la mis-

15

ma humanidad. Tanto Julio Pesina, Fabrizio Mejía Madrid y Pepe Rojo amalgaman géneros literarios y yuxtaponen experiencia e imagen para entregarnos a Rigo Tovar en toda su complejidad y todo su humor. También en todo su presente.

Reescribir es actualizar. Reescribimos aquello que nos comunica no sólo con el pasado sino también, acaso sobre todo, con el presente. Así como, gracias a Rigo Tovar, Matamoros es mucho más que un lugar, estas reescrituras de Rigo y con Rigo lo vuelven parte de una continuidad cultural que todavía nos dice y nos sigue diciendo. Un estar-en-común. Yo seguiré asistiendo a ese rincón donde ya encontré mi rocola personal. Para los que no puedan ir ahí a colocar los diez pesos en la ranura para escuchar las tres o cinco canciones de rigor, estarán estas páginas. Haga de cuenta, camarada rigotovarista, que se acaban de encender las luces y suenan ya los primeros acordes de esa combinación única de instrumentos y estilos y voces. El Costa Azul. Haga de cuenta que acaba de aparecer una cerveza sobre su mesa, algo en el ambiente huele a carne asada y la pista de baile se abre para los cuerpos habidos y por haber. ¿Con la cara de angelito y la cola de pescado? Así es. Ni más ni menos. Anfibio. Alebrije. Mutante. Así es esto.

El planeta Rigo Tovar

Lo que vieron sus ojos
Daniela Tarazona

Igor Travo deslizó los dedos sobre la piel de su pecho como si acariciara las alas de la mariposa que se
había tatuado hace tiempo, cuando su madre cerró los
ojos para no volverlo a ver.

Afuera, las calles de la ciudad parecían hechas de
carne. La tierra había tomado un color rojo, sanguino-
lento y el murmullo de los hombres que iban a las fá-
bricas —sus pasos obligados sobre el suelo— marcaba
el inicio de una jornada más de labores crueles ahí, a
la vera del río Brova.

Igor se levantó de la cama, fue hacia el lavabo del
baño y vio su rostro en el espejo. Las pupilas eran ahora más azules, le provocaba asombro la velocidad con
la que sus ojos tomaban el color del mar: el azul oscuro del océano cubierto por el velo plateado de los
aceites.

Se bañó despacio mientras cantaba la canción de
Tesera —la mujer con escamas de la que se había ena-
morado hacía dos años—, ahora recuperaba las bellas
imágenes de la primera noche juntos. En el momento
en que ella había sentido confianza, cuando supo que
Igor era un obrero común, un soldador como muchos,
se levantó la falda y le mostró su piel con destellos,

brillaba la luz sobre las escamas en los tobillos y las rodillas.

Igor tenía un defecto: cada fin de semana salía con los compañeros de turno a las tabernas de la calle H para embriagarse con el único licor que podía conseguirse en la ciudad. Los estragos que producía el tóxico brebaje en el corazón de Igor y en sus ojos convertidos en los de un invidente —la cruel enfermedad comiéndole poco a poco las venas pequeñísimas que llevaban la sangre dentro de sus globos— eran irreversibles. Él lo sabía, pero beber era el único modo de resistir el mecanismo absurdo del trabajo, del día turbio entre el humo, de las noches plateadas en las que ya apenas hablaban los hombres y mujeres que morían al acercarse a las aguas del río Brova. En aquella ciudad y en aquel tiempo, como en innumerables ciudades en muchas otras épocas, subsistir requería de una voluntad recia.

Las escamas de Tesera eran suaves bajo sus manos. Ella tenía siempre una sonrisa leve en el rostro, parecía recordar en cualquier momento algún episodio que le satisfacía el ánimo; es del todo posible que Tesera fuera una mujer sonriente desde su nacimiento.

Una tarde, cuando Igor realizaba una soldadura, sintió que sudaba más que de costumbre. Se quitó el casco de soldador y se asomó dentro del delantal de plástico grueso para notar su camisa mojada y manchada de azul. Tuvo miedo. Continuó con su trabajo sin dejar de preocuparse; le vino un breve mareo, quiso irse.

20

Durante el descanso, Igor le mostró su pecho a Nomio, su compañero de vía, quien sin dejar de asom-
brarse acercó la cabeza al pecho de su colega y hundió
la nariz en la tela para comprobar la composición de
aquel líquido.

—Igor, es la bebida —dijo Nomio y arrugó la nariz
para sacarse el picor que lo iba a hacer estornudar.

—¿Tengo que ir al médico? —preguntó Igor, con
miedo y deseo de equivocarse.

—Pienso que sí, Igor —respondió Nomio y se pasó
la lengua por los dientes como si fuera a morder algo
que se le antojaba demasiado.

Igor vería a Tesera aquella tarde. Ella lo esperaba
de pie en el zaguán del edificio con un vestido rojo y
los labios llenos de brillantina. Igor fue a encontrarla
justo después de abandonar la fábrica, así que no tuvo
tiempo de pasar por su casa y ponerse una camisa limpia.

—¡Estás manchado! —gritó Tesera con las manos
crispadas.

Igor miró el suelo. Sabía que sudar de aquella manera no era bueno. Para animarla, tarareó una canción que había inventado: *Mi Mosortama querido. Muy
dentro del corazón*, cantaba Igor con suavidad y abría
la boca con lentitud a cada palabra; luego se sintió
más libre y se soltó para cantar a voz plena, mirando
con un gesto de orgullo a Tesera que se cubría el cuello
por el frío.

Mientras cenaban las ácidas láminas de pescado,
ella le habló de métodos para deshacerse del gusto por
el brebaje. Tenía que comer alimentos verdes, beber

21

bastante agua al amanecer y, si se atrevía, acudir a un campamento de pensadores, donde llegaría a convencerse de abandonar el brebaje para siempre.

II

Cuando el religioso lo despertó, Igor soñaba con un compañero de escuela que buscaba contratar sus servicios de soldador a un precio ofensivo; entonces, para mostrar su enojo, Igor abría la alacena de su casa, tomaba una licuadora de color negro y la aventaba a los pies de su compañero de escuela, que lo miraba apoltronado en el sillón de terciopelo verde de la sala.

Tesera lo había convencido: ocuparía el fin de semana en un retiro con los pensadores.

Al dejar el edificio de los dormitorios, el religioso lo tomó de la mano y lo condujo entre los senderos del pequeño bosque hacia el centro de un claro en el que habían dispuesto una silla de madera noble, resguardada por un hombre con el torso desnudo, en cuya mano brillaba el metal fino de una navaja.

No lo habíamos mencionado antes pero es importante: Igor se había dejado crecer el pelo casi hasta la cintura por el mero gusto de hacerlo. Ahora, iba a dejarse rapar bajo las manos de aquel hombre pues eso «le daría mayor tranquilidad», según decía el religioso. Era cierto que en las dos noches que llevaba recluido con los pensadores Igor no había probado una sola gota del brebaje.

Se sentó con disposición, recibió una tela pesada sobre sus hombros y dejó caer la cabeza hacia atrás para que el hombre con el pecho desnudo le diera un masaje con champú de pimienta. Las manos del hombre eran capaces en su labor, pues Igor sintió gran serenidad sobre su pasado inmediato y una paz avasalladora en ese presente. Cuando el hombre echó agua fría sobre la cabeza coronada de espuma de Igor, Tesera se encontraba bailando sola la canción de *La sirenita* en la cocina de su casa.

El sol brillaba sobre la cabellera larga de Igor, recién peinada. El hombre sacó unas tijeras de un atado de tela que llevaba en la cintura y empezó a cortar su cabello cuyos trozos caían al suelo como si fueran algodones negros. En el momento en que Igor tuvo el pelo al ras —las mordidas de las cortantes y las manchas más claras sobre su cráneo le daban el aspecto de un enfermo grave o de un prisionero—, movió la cabeza hacia el frente y disfrutó su ligereza: ¡cuánto pesaba su cabellera! Para finalizar la rapadura, el hombre hizo más espuma sobre la cabeza de Igor —convirtiéndolo durante un breve instante en un hombre de mayor edad— y empuñó la navaja para resbalarla con destreza sobre la piel.

Al terminar, Igor parecía un bebé calvo y satisfecho. Se puso de pie y abrazó al hombre sin camisa.

Después de todo, el mundo no era tan absurdo. Para Igor, tener la oportunidad de viajar a este espacio de rehabilitación y paz era un acontecimiento valioso y lleno de significado. Así, permaneció una noche más en el retiro.

Creyó haber meditado lo suficiente como para saber que estaba equivocado: su vocación no era soldar, su verdadero deseo era cantar. Primero lo haría en las tabernas de la ciudad, luego buscaría que lo invitaran al Teatro de las Nueces.

Abrió la boca para dejar salir lo que llevaba dentro. De pronto, las fauces de Igor se volvieron la puerta de escape para los habitantes de incontables reinos. Aquello era el mero inicio de una vida que cambiaría por completo. Entre sus dientes asomó la cabeza una mujercilla rubia con los párpados pintados de verde metálico y las piernas cubiertas con unas medias delgadas de color morado en las que se dibujaba una línea a lo largo. La mujercilla se llevó las manos a los ojos, restregándose, como si proviniera del sueño; después, se secaba con la tela de su vestido la saliva de Igor que le cubría los brazos y la cara. Él cantó la siguiente estrofa y ella se derramó sobre el pecho del cantante: iba llegando al mundo.

Más tarde, cuando venía la noche en el campamento, Igor, en alguna nota aguda y tras sentir la garganta resentida por el esfuerzo, echó por la boca a un hombre pequeño con un espejo, se trataba de un hombre guapo, cualquiera lo habría odiado.

Igor cerró los ojos antes de conciliar un sueño profundo. Estar con los pensadores, observar su capacidad de concentración y compartir la comida con ellos, otorgaba alegría. Decidirse por el canto era —o al menos eso pensaba el buen Igor con la inocencia de un niño— lo mejor que le había sucedido.

Tesera estaba con las manos sobre el regazo la mañana en que Igor regresó del retiro, lo esperaba sentada en una banca desvencijada de la estación de autobuses.

—Puedo verte feliz —dijo ella— y tú puedes verme a mí con tus ojos que jamás se quedarán ciegos. Igor asintió aunque no fuera cierto lo que Tesera decía.

Para encontrar la paz era necesario mentir; Igor permitía que Tesera creyera en sus ojos de aceite, aunque su vista fuera en verdad más oscura que antes de partir al retiro con los pensadores.

Una gota de agua cayó sobre la frente azulada de Igor. Tesera abrió los labios y dijo: «Hace tiempo, Igor, que me agobia la tristeza». Tesera quería regresar al mar y no sabía de qué modo decírselo.

Igor se puso de pie, la luz pegajosa del invierno brillaba sobre su cabeza lisa y redonda.

Ya en su casa, preparó café y fue a bañarse. Es del todo posible que, a mitad del aseo, Igor se hubiera caído pensando que era un hombre volador. Tal vez, tatuarse la mariposa sobre la piel del pecho era la causa de su desequilibrio. Por otra parte, las palabras de Tesera acerca de su tristeza lo inquietaban, ¿qué necesitaba ella? ¿A qué podría deberse su tristeza?

Tiempo atrás, la madre de Igor se convirtió —mediante un acto tan irrelevante como el de trazar una línea sobre el papel— en una mujer de los bajos mundos, una mujer que recibía a los muertos en el subsuelo antiguo. La distinguía su aliento salado con olor a jamón.

III

Cuando Igor abandonó la fábrica para dedicarse a lavar platos, los días transcurrieron más o menos del mismo modo. En las noches, Igor dejaba que la mujercilla rubia saliera de nueva cuenta por su boca, además de que en aquellos tiempos también había compuesto canciones alegres para bailar y la gente que llenaba el Teatro de las Nueces le aplaudía conmovida; él solía bailar con alguna mesera que tuviera arrugas alrededor de la boca, semejantes a las de Tesera.

A Igor le acontecía una emoción común: sin darse cuenta, el tiempo había transcurrido de modo veloz. Sin embargo parecía imposible que tres años antes sudara de color azul. Se condujo a su desgracia. Ahora, con un vaso de brebaje en la mano, Igor miraba dormir a Tesera: su pelo contrastaba con la madera pintada de blanco de la cabecera.

Una noche antes, Tesera había vuelto con el olor de otro entre las piernas. La cocina del restaurante donde trabajaba era un espacio estrecho y sin querer ella había apoyado sus nalgas contra el pene del Coché, quien, en reacción, la cogió de la cintura y se quitó el overol; Tesera se desvistió con bastante deseo porque, en realidad, deseaba estar desnuda con otro hombre. «El tiempo ya pasó, olvídalo, Igor, por favor», dijo Igor para sí mismo, mirando la espalda desnuda de Tesera y los dos lunares medianos que tenía al centro como si fueran la mordida de un vampiro.

Igor Travo besó la insignia, besó la cruz antes de irse de casa. Lo conducía la ambición: llegar a la gran ciudad implicaba una buena fortuna. Dejaba a Tesera. *Me voy lejos de aquí, donde pueda olvidar*, cantaba Igor, y la cabeza del hombre pequeño asomaba entre sus dientes.

Las manos se le habían manchado como si estuvieran hechas con la piel alunarada de la barriga de un perro, era la consecuencia de lavárselas dos veces al día con el agua del río Brova. Y lloraba de camino a la estación del autobús. ¿Era verdadero el sentimiento de Igor? Alguien había dicho —en un cruce de calles, justo cuando él se iba— que la enfermedad que manchaba la piel era producida por desconocer el camino propio. ¿Conocía Igor lo que le era propio? Merece la duda, pues unas semanas antes, al desnudarse para hacer el amor con Tesera, Igor había descubierto una mancha rosada sobre su piel morena, una mancha que le rodeaba el ombligo, y no le había dado ninguna importancia.

Tesera tuvo tanto miedo al darse cuenta de que Igor no estaba en casa y que se había llevado dos manzanas verdes del frutero y su maleta de cuero con los instrumentos para soldar, que permaneció dormida durante dos días para no darse cuenta del abandono. Luego descubrió en el cajón de los cubiertos un sobre amarillo en donde Igor había escrito *Mi testamento*. Tesera siempre lo había intuido: Igor moriría joven.

IV

Llegaron los músicos para cantar con Igor. Estaban en la estación de trenes de Villalba; Igor llevaba puesto un saco dorado. Alguien con poca fuerza llamó a la puerta del baño, en donde él intentaba defecar. El niño que esperaba afuera era el vivo retrato de Igor. Abrió la puerta y miró la mano del niño que tomaba la manija: era una piel cubierta de escamas, tan semejante a la de Tesera y, del mismo modo, única como la de ella. Recordó que fue así como supo que Tesera estaba esperando un hijo justo un año después de haberse casado con ella por las leyes de los pensadores. Tomó de los hombros al niño y afirmó, como si el pequeño sireno tuviera la capacidad de soportar semejante anuncio: «Soy tu padre». El niño que habitaba los trenes y era alquilado por un hombre sin escrúpulos para mostrar sus escamas de mesa en mesa en las cantinas de Villalba, sonrió. Igor decidió llevarlo a un hospital para que le sacaran sangre y vieran si compartían el XYZ, así, ambos podrían estar convencidos de ser padre e hijo.

Después de que le clavaran la aguja a Giro —que así se llamaba el niño— en el dedo gordo, se limitó a soplar sobre la minúscula herida. Mancharon un papel con su sangre y por la tarde les dieron una hoja fina, casi transparente, en la que se leía: «XYZ de Igor Travo y Giro (sin apellido) muestran líneas equivalentes de conducción. Se afirma que ambos llevan la misma sangre».

Igor abrazó a Giro y estuvieron juntos los años restantes, pocos pero felices pues incluso viajaron a las estepas del Asia Central.

Cuando los pensadores le han preguntado a Giro qué recuerda de su padre, él ha respondido que, antes de perder la vida, su padre traía puesto un saco dorado, que iba por la playa a caballo y cuando él, desde su propio caballo, le preguntó por qué sonreía de esa manera, Igor le había respondido: «Tú y mi caballo van dándose cuenta de lo alegre que yo voy, hijo».

La noche en que el corazón de Igor se detuvo, su pecho estaba manchado de azul, como antes. Había regresado. En las mañanas soldaba en un local próximo a la cárcel y era famoso por unir los metales a pesar de su deficiencia visual y, por la tarde, iba hacia la taberna para tomarse dos vasos de brebaje y cantar.

Fue un sábado previo al Entierro de los Pescados, Giro era casi un hombre o eso parecía: iba vestido con una camisa abotonada hasta el cuello y las mangas largas para ocultar su piel de manera inútil bajo la tela. Estaba sentado cerca del escenario cuando su padre, que había rejuvenecido un poco tras decidir dejarse crecer el pelo hasta sombrear su cabeza redonda, salió a cantar. Sin embargo, aquella noche ninguna mujer se asomó por su boca, tampoco ningún hombre.

En un acto inédito, al terminar una canción, Igor se quitó los lentes oscuros que solía llevar para cuidar sus ojos de la luz hiriente y allí vio lo sucedido justo antes de que su corazón dejara de latir: Tesera entró a la taberna con un vestido rojo y restos de algas en el cabello, iba acompañada de un hombre idéntico a él.

Rari' nuu Rigo Tovar
Irma Pineda

Lata' lataguuya	Suena en el altavoz
rari' nuu	Una mujer camina presurosa
	mi hermano y yo tratamos
	[de marchar a su ritmo
bedandabe de guidxizitu	
	nos toma de la mano para acelerar
	[nuestro andar
deguidxizituzedaganabelanu	
	somos dos alas en las costillas
	[de mi madre
	somos un solo cuerpo que desea
	cruzar en vuelo el parque que nos
	[separa de la voz
Lata' lataguuya	
Rarinuu	Se anuncia de nuevo en zapoteco
	El fondo musical es inconfundible

A orillas del río Bravo hay una linda región
y una ciudad que llevo muy dentro del corazón
Llegamos a tiempo

Corremos las cortinas
                    [de terciopelo negro
Un viejo vagón de ferrocarril es el
                              [auditorio
RiiiiiiiiiiiiigoTooooooovar
Ne CoooooostaAzuuuul
                    sube la música
          Mi Matamoros querido
          Nunca te podré olvidar
                    Mi infancia no conoce más río
                    que el río de las Nutrias del lugar
                              [que me habita
                    de todas formas la canción nos
                              [anima a entrar
                    Mi madre sonríe
                    atenta a una serenata que Rigo
                              [nunca le dará
Te quiero como nadie te ha querido
Te quiero como nadie te querrá
No creas que son sólo palabritas
Que se dicen nada más
                    Ella cierra los ojos
                    tal vez piensa en el amor
                    acaso sólo disfruta del canto
                    sin importar que junto a ella no
                              [estén
                    ni Rigo Tovar ni mi padre

31

Dime que me quieres
Vuélveme a besar

Mi hermano y yo somos un par
[de niños fascinados
frente al escenario miramos
[curiosos
tratamos de descubrir la mano
[que mueve los hilos
para lograr que Rigo Tovar
[y el Costa Azul bailen
como a nosotros nos gusta
[para alejar la tristeza

Tuvimos un sirenito
Justo al año de casados
Con la cara de angelito
Pero cola de pescado

Reímos
Como sólo pueden reír los niños
cuando miran títeres en la feria
[de su pueblo

Recordando a mi hermano con las canciones de Rigo Tovar
Betto Arcos

Todavía guardo el disco compacto con más de cien canciones de Rigo Tovar que mi hermano Quintín me regaló un día que íbamos de camino al aeropuerto de Veracruz. Recuerdo que nos paramos en una gasolinera y le dije que le preguntara al vendedor de discos pirata si tenía algún disco de Rigo. Le ofrecí dinero para pagar y me dijo: «Yo te lo compro de regalo». Quintín es cinco años mayor que yo, sólo tuvo educación hasta la preparatoria porque mi padre quiso que se hiciera carpintero. Quintín es bajo de estatura, siempre fue delgado pero muy atlético y desde muy joven le gustó participar en los equipos de futbol del barrio popular donde crecimos, en la ciudad de Xalapa, Veracruz. Desde 1985, año en que me fui a vivir a Estados Unidos, Quintín y yo hemos tenido muchas diferencias y desacuerdos por cuestiones de familia. Sin embargo, los años que pasamos juntos durante mi niñez me ayudaron a cultivar un gusto por la música, la guitarra, el baile y el buen humor. Por eso se me ocurrió la idea de comprar un disco de Rigo aquel día que regresaba de mi viaje anual a Xalapa: quería escuchar las canciones en compañía del hermano que me dio a conocer su música a principios de los años setenta. En este ensayo quiero abordar tres aspectos importantes de la obra musical de Rigo Tovar —el desamor, la alegría y el buen humor— a través de mi relación personal con Quintín.

Hoy día radico en Los Ángeles, California, soy locutor de radio y colaboro como reportero y crítico de música en dos cadenas nacionales de radio en Estados Unidos. En mi programa semanal *Global Village* incluyo música popular de todas partes del mundo. Debo confesar que, aunque nunca se me ha ocurrido programar a Rigo Tovar, en varias ocasiones he incluido la versión de Jaime López de *El testamento*, que considero una de sus mejores cumbias.

Vengo de una familia de campesinos que llegó a Xalapa, Veracruz, a mediados de 1960. Mi padre era carpintero y tenía su taller en una colonia que estaba en las afueras, cerca de ahí. Por obligación de mi padre —después de salir de la escuela primaria y secundaria— los tres hermanos, Luis, Quintín y yo, íbamos a trabajar al taller. A mi padre le gustaba escuchar la radio todos los días. Por la noche sintonizaba la XEW y la XEQ. En las radios locales de Xalapa tenía sus programas predilectos nocturnos: *Tríos famosos, La hora de Agustín Lara*. Pero durante el día, nos dejaba que escucháramos cualquier estación local. Mi hermano Quintín era el que decidía la estación y un día, sintonizando un programa de música tropical, descubrió a Rigo Tovar con sus primeros éxitos: *Mi Matamoros querido, Lamento de amor, Paloma mensajera, La calandria canta*. En la cumbre de la popularidad de Rigo, a mediados de los años setenta, la radio

XEJA «Radio fiesta» tenía un programa dedicado a su música que se llamaba *La hora de Rigo Tovar*. En aquellos años la cumbia estaba de moda y junto con Rigo Tovar y su Costa Azul surgieron muchos grupos que tocaban música tropical como Los Socios del Ritmo, El Súper Show de los Vázquez y Acapulco Tropical.

Como muchos fans de Rigo, mi hermano no tardó en dejarse crecer el cabello y hacerse un corte a su estilo, a pesar de tener el cabello lacio. Quintín también empezaba a tocar la guitarra y cantar, así que esto le ayudó a tener cierta popularidad en el barrio. Cuando se ponía unos pantalones de campana de colores chillantes y lentes oscuros, los amigos y los vecinos le gritaban ¡Rigo, Rigo, Rigo! Tampoco tardó en ir a comprar todos los LP de Rigo que salían al mercado. Mi padre era muy estricto con la familia y no nos daba dinero para gastar en lujos, además de que nos tenía prohibido asistir a bailes o conciertos. Así que mi hermano sólo tuvo la oportunidad de ir a ver a un artista en su juventud: Rigo Tovar. Claro, pudo hacerlo después de que mi padre se separó de mi familia. Quintín me cuenta que fue a ver a Rigo con unos amigos durante la Feria de Banderilla en un pueblo cerca de Xalapa. Al llegar al salón de baile se fue hasta la orilla del escenario para poder ver de cerca a su ídolo. Era el baile más esperado del año. Llegó a las nueve de la noche pero Rigo no salió sino hasta las doce, después de que tres grupos locales amenizaran el ambiente. Todavía hoy se acuerda de que quedó boquiabierto al ver a Rigo cantando y tocando los timbales, tal y como se escuchaba en los discos.

El desamor bailando cumbia

El disco que más escuchábamos, que sigue siendo mi predilecto y que hoy considero su mejor trabajo, es *Amor y cumbia*, de 1976. Sobre la portada en claroscuro, Rigo aparece de perfil, sentado y sin camisa, mirando hacia un lado, como diciendo «no tengo nada que esconder, soy lo que soy». En este LP hay diez canciones originales que le ayudaron a establecerse como una gran figura de la música popular en México, América Latina y Estados Unidos. *Amor y cumbia* es quizás el disco que mejor ilustra a Rigo como un artista que supo celebrar el desamor, la alegría y el buen humor, aspectos que mi hermano personificó en aquellos años. Los temas *Amor imposible*, *Canción para una decepción de amor* y *Jamás te olvidaré* abordan el tema del desamor y la tristeza de perder a un ser querido muy al estilo tradicional de la canción-balada pop —un género que a mi hermano le gustaba mucho escuchar—. En contraste con esas tres baladas, hay tres exquisitas cumbias que contienen letras llenas del humor clásico de Rigo y que a mi hermano le encantaban: *El testamento*, *La sirenita* y *Carita de ángel*. Aunque las tres me parecen sensacionales, *El testamento* siempre fue una de las cumbias preferidas de mi hermano por su letra tan descabellada y el singular arreglo musical, particularmente el órgano que lleva la armonía y el solo de la guitarra eléctrica *surf* sesentera. Además, a quién más se le podría haber ocurrido escribir estos versos en un testamento:

A Asunción le dejo aquí mi corazón,
a María toda, toda mi alegría,
un millón de abrazos para Concepción,
a Teresa toda, toda mi tristeza,
a la fiel Leticia, todas mis caricias,
y a la cruel Amparo, nada por infiel.

Aunque mi hermano Quintín no era mujeriego, era muy querido por las muchachas. Recuerdo que estábamos en una fiesta en compañía de su novia y cuando pasaban esa cumbia mi hermano la sacaba a bailar y cantaba dirigiéndose a ella y a sus amigas presentes y todo el mundo se reía.

Las composiciones que mejor ejemplifican el estilo singular de Rigo son *Aún la sigo esperando*, *Me quiero casar* y *Verás lo que se siente*. En estas tres, Rigo logra una fusión nunca antes vista entre la cumbia y la canción: una celebración del desamor. *Aún la sigo esperando* es una confluencia de cumbia, mambo y *rock* con dos potentes solos del piano y los timbales; y aunque la letra es breve, la urgencia con la que se dirige hacia un amigo se convierte en una plegaria por la esperanza de que regrese el ser amado. *Me quiero casar* es una cumbia que celebra el noviazgo juvenil, pero la satisfacción de tener como pareja a una mujer tan especial hace que surjan los celos e inciten al personaje a un cambio —esta cumbia fue muy popular cada que mi hermano quería sentar cabeza con su novia—. *Verás lo que se siente* es una cumbia que describe el dolor sufrido por la separación y el desamor; el estribillo no podría ser más contundente:

37

Pero un día pagarás y verás lo que se siente
sé que te arrepentirás en tu vida para siempre.

Antes de Rigo Tovar, el único compositor que escribió canciones sobre el desamor con tal fuerza, elegancia y sencillez fue José Alfredo Jiménez. Pero Rigo no está en la cantina cantándole a su amada con mariachi y tomando tequila. Rigo está en una fiesta, en el salón de baile, gozando de su tristeza, bailando la cumbia del desamor. ¿Qué mejor terapia puede haber para curar las heridas del amor, si no es bailando música tropical?

¿Por qué le gusta tanto Rigo a tu hermano?

En septiembre de 1977, a los quince años de edad, me fui a vivir un año a Palo Alto, California, con la familia del hermano de un padre jesuita que trabajaba en la iglesia de la virgen de Guadalupe en Xalapa. A mi regreso, en agosto del 78, mis hermanos mayores, Luis y Quintín, y Lourdes, mi hermana menor, eran integrantes del coro de la iglesia. Luis y Quintín tocaban guitarra, así que yo quise aprender también. En menos de seis meses ya estaba tocando y eso ayudó a que tuviéramos una vida social muy activa.

Mi hermano Quintín me cuenta que en las reuniones del coro algunas muchachas se le acercaban y comenzaban a peinarle el cabello largo, entonces él les decía: «Ahora sí que puedo cantarles *El testamento*, con toda esta atención que me dan me voy a morir de amor pero, como dice Rigo Tovar, ya tengo a mis herederas» y empezaba a cantarles alguna canción con guitarra en mano.

A través del coro nos involucramos en diferentes actividades de la iglesia. Y dentro de ese ambiente ameno y juvenil nos invitaban a todo tipo de fiestas. En su gran mayoría, eran fiestas para celebrar alguna boda, un bautizo, o quince años en casas particulares o pequeños salones de baile. Ahí me di cuenta de que, aunque algunas de las jóvenes del coro bailaban todo tipo de música, la de Rigo no era de su preferencia. Les gustaba más la música disco que también estaba muy de moda en esos años. Incluso varias jóvenes consideraban a Rigo de mal gusto, decían que su música era para nacos y alguna me llegó a preguntar: «Oye, ¿por qué le gusta tanto Rigo a tu hermano?». Recuerdo que le dije que ese era su gusto y que lo dejara en paz. Pero insistía: «¿Por qué se deja el cabello tan largo, así, como Rigo?». Y yo le contestaba: «Porque así le gusta». Me molestaba un poco que criticaran a mi hermano porque al mismo tiempo sentía que me criticaban a mí. Pero yo siempre trataba de no hablar mucho del tema porque sentía algo de vergüenza, a pesar de que también gozaba y bailaba su música.

Además de escuchar a Rigo en el taller de carpintería con Quintín, también lo escuchaba durante los viajes que hacía con mi otro hermano, Polo, cuando era conductor de un autobús regional de pasajeros de segunda clase. Recuerdo que sus amigos conductores intercambiaban casetes de música y si alguien ya tenía el último disco de Rigo en caset, se lo prestaban entre sí para escucharlo en el trayecto de un pueblo a otro.

Esta experiencia dejó una huella profunda en mi vida porque me ayudó a apreciar otro país, otra manera de ver la vida. Viajar con mi hermano me ayudó a conocer los orígenes de mi familia en el campo. Con la excepción de mi hermana menor, que nació en un hospital de Xalapa, mis seis hermanos y yo nacimos en una casa humilde de un pueblo pequeño, lejos de la ciudad. De ahí viene nuestra afinidad e identificación con la música de Rigo. Vivimos la letra de sus canciones porque, como él, también somos de pueblo. Rigo es parte de nuestra experiencia.

Mi Matamoros querido

La segunda vez que regresé a Estados Unidos, esta vez para quedarme, fue en 1985. Supe que tenía un primo que vivía en Matamoros y le llamé para pedirle que me ayudara a cruzar la frontera. Sólo conocía Matamoros por la cumbia que le dedicó Rigo. Debo confesar que antes de llegar, tenía cierta expectativa de esa ciudad. Claro, después de haber escuchado el himno de Rigo tantas veces, pensé que Matamoros podría ser un lugar muy especial:

> A orillas del río Bravo hay una linda región
> con un pueblito que llevo muy dentro del corazón.
> Mi Matamoros querido, nunca te podré olvidar.
> Mi Matamoros del alma, nunca te podré olvidar.

Así como Juan Gabriel escribió *La frontera* como un himno a Ciudad Juárez, Rigo Tovar ensalzó su ciudad natal y nunca pierde la oportunidad de recordarnos —en no pocas de sus canciones— que está orgulloso de ser originario de esta «linda región». Quizá Matamoros sea hoy una ciudad bonita. Pero el Matamoros que yo conocí a través de mi primo, en 1985, no lo era. Recuerdo que no le veía ningún atributo en especial, sólo era un lugar de paso rumbo «al otro lado». Debo decir que ya había tenido experiencia con otras ciudades fronterizas. Mi primer «cruce» lo hice por Tijuana, que en los años setenta gozaba de una paz absoluta y que al llegar ahí —apenas con quince años— me pareció como la orilla de la tierra prometida. También conocía Nuevo Laredo porque por ahí regresé de Estados Unidos en 1978. Sin embargo, la experiencia que tuve en Matamoros fue diferente a Tijuana y Nuevo Laredo. En Matamoros pasé una semana y de alguna manera llegué a conocer un poco más la ciudad donde había nacido Rigo y a la cual le cantaba su himno.

Lo cierto es que en 1985 Matamoros no se me hizo «una linda región». Sin embargo, escuchando esta cumbia hoy, me doy cuenta de que Rigo tenía razón de cantarle a su Matamoros querido. No importa qué tan fea o bonita sea la ciudad que te vio nacer, lo importante es saber apreciar lo que esa ciudad te dio. Y a Rigo le dio mucho: su familia, sus amigos, su interés inicial por la música, la tenacidad para salir adelante y quizá lo más importante: de Matamoros se fue a Houston a buscar una mejor vida.

Rigo hizo lo que muchos mexicanos, como yo, han hecho y seguirán haciendo: ir a Estados Unidos con la esperanza de vivir mejor.

Qué sorpresa fue saber que Rigo grabó su primer disco en Houston, de donde es mi esposa y adonde voy cada año a visitar a su familia. La fotografía de la portada de ese disco, en la que aparece con su grupo Costa Azul, fue tomada en una fuente situada en la rotonda del crucero de Montrose y Main Street, cerca de un parque público donde mi esposa asistía a conciertos en su juventud.

El nuevo ídolo del pueblo

Considero que la popularidad masiva de Rigo Tovar se debe al momento en el que aparece en la escena musical. Es un momento clave porque después de la muerte de Pedro Infante, a finales de los cincuenta, hubo un vacío de grandes figuras musicales. Rigo tuvo todos los atributos para convertirse en el nuevo ídolo del pueblo a mediados de los años setenta: aparte de que tenía un carisma especial y su música era sencilla y accesible para la gran mayoría de la población mexicana, el contenido de sus canciones y su estilo singular contribuyeron a su popularidad. Y aún más importante: Rigo es un ídolo que sale del pueblo, no es un producto artificial fabricado por una corporación televisiva. Aquí está la parte fundamental de su figura.

En contraste con la mayoría de los cantantes fabricados y lanzados a través del programa *Siempre en domingo*, la figura de Rigo Tovar no siguió los patrones típicos del canal de las estrellas: no era de tez blanca, tenía pelo largo, usaba gafas oscuras y se expresaba con un lenguaje popular. Rigo es uno de nosotros y sus canciones nos llegan por varias razones. Primero porque su música es alegre y contagiosa. La cumbia de Rigo Tovar es fácil de bailar y, sobre todo, podemos identificarnos con el contenido de la letra. Al escuchar a Rigo me escucho a mí mismo y escucho a mis hermanos: sus penas, sus dolores, sus alegrías, su humor, su ternura, su sencillez, su fuerza y su flaqueza. Ahora que escucho su música con un oído crítico, entiendo por qué era tan querido por mis hermanos, por qué me gustaba también —y por qué aún me sigue gustando: no era un gran vocalista pero tenía una voz auténtica, singular y, ante todo, honesta.

La relación con mi hermano Quintín a través de los años no ha sido ideal. Desde 1985, cuando decidí quedarme de manera permanente en Estados Unidos, cada año he ido a visitar a mi familia a Xalapa. A veces en la vacaciones de Navidad y Año Nuevo y, más recientemente, durante las vacaciones de verano de mi hijo. Quintín y yo hemos tenido diferencias y desacuerdos de familia. Tengo que aceptar que la distancia no ayuda a nuestra relación. Sin embargo, el lazo tan cercano que tuvimos durante mi niñez y parte de mi juventud está lleno de gratos recuerdos y uno de ellos siempre será la música de Rigo Tovar.

Aquel día que salí de Xalapa con Quintín rumbo al aeropuerto de Veracruz, mi hermano Polo iba manejando. Cuando se dio cuenta de que estaba yo tan emocionado por la música de Rigo Tovar, me preguntó: «¿Ya pasaste la música de Rigo en tu programa?». Le dije que no, que no tenía sus discos. Ahora ya no tengo más excusas, el próximo programa le dedicaré tres cumbias de Rigo a mi hermano Quintín. Espero que las escuche «Allá en el pueblo».

No me odies por ser tan guapo
Fabrizio Mejía Madrid

Si existe alguna, la definición de ídolo popular en los años setenta es aquella que convoca más que el ave maría: en 1979, Rigo Tovar y su Costa Azul exceden por diez mil asistentes a la concurrencia que el entonces papa, Juan Pablo II, reúne en Monterrey. Se usa la cifra de bailantes eufóricos y fans afónicas como argumento de que el ídolo es más popular que cualquiera de sus voceros. Sin decirlo, Rigo insiste en la frase de Lennon sobre la divinidad pop contra la popularidad crística. No la necesita: ese 1979 arranca con la idea de que la música popular puede imponerse desde los bailes multitudinarios y las rocolas antes que desde la televisión. Rigo, al igual que Juan Gabriel o Los Tigres del Norte, invierte la lógica de la promoción desde la mercadotecnia. Rigo es un ídolo sobre todo porque no necesita de la payola. No hace cosas indecibles para aparecer en el programa de moda —no hay otro— de los cantantes, *Siempre en domingo*. Basado en su popularidad lo solicita y el conductor del programa, Raúl Velasco le responde:

—Nunca serás una estrella. Eres muy naco.

Desde la tierra que dotó a la ciudad de México del *rock* rupestre —notablemente Rockdrigo González y Jaime López— Rigo Tovar condensa, desde Tamaulipas, los rasgos del roquero de los años setenta: melena iracunda, actitud de extraterrestre recién bajado a la Tierra, un Ziggy Stardust emergido del pozo petrolero y el gigantismo de las audiencias en los conciertos al aire libre en el terregal del desierto con lona, mezclados con las fijaciones propias de la cumbia: el ritmo hipnótico del órgano Yamaha (aparato que terminará por sucumbir frente al karaoke), las letras tanto más románticas cuanto más *naïve* —*Perdóname, mi amor, por ser tan guapo* o *Eres mi esposa, mi amiga y mi amante*—, la coreografía del conjunto vestido de noche lentejueleada y que, en el caso de Rigo, privatiza para su uso exclusivo un brinquito hacia atrás. El Costa Azul de Tovar y de Efrén Solís será, desde la mezcla exitosa entre aspecto roquero y música de cumbia, lo que hoy serían las bodas del vallenato y el *hip hop*.

En los inicios de los años ochenta, la fórmula del éxito era tocar cumbias y vestirse como roqueros. Preguntado por sus cantantes más admirados, Rigo Tovar no duda en responder: «Ozzy Osbourne y el cantante de Scorpions». Y si se piensa un instante, no existe lugar para la sorpresa: sin el *soundtrack* de *Quítate la máscara*, Rigo parece una aclimatación al golfo de México de la estética del *heavy metal*.

La sensibilidad —inventar la cumbia electrónica— se forja en el destierro fronterizo. Tamaulipas se labra así una búsqueda musical que es, al mismo tiempo, combate por la identidad que le viene de la imaginación del aventurero, del visitante, del forajido: desde *La Chanson de Margaret* (Pierre Mac Orlan, 1957), que relata la vida de una prostituta triste en Tampico, hasta *Tampico Twist* (1961), que Bill Haley compone en su alcoholizada estancia en México entre cuartetos de jazzistas intoxicados. Tamaulipas remite al tugurio y a la petrolización pero también al mar y la vida simple de los pescadores.

Con este incierto legado, a mediados de los años setenta Rigo prueba suerte en Texas, aunque no mucha: es mesero junto a Rosa Valencia en el restaurante tex-mex Chano's en Houston. Una noche de aletargamiento, ambos deciden entretener con música a los comensales y se arrancan con canciones que evocan la ciudad abandonada (por ejemplo, *Viva Matamoros*, de Xavier Passos, que inspiraría a su vez *Mi Matamoros querido*). El entretenimiento de una noche se convierte en rutina y esta, en un disco que jamás suena en la radio texana, sino en la de Matamoros. Con Gastón Ponce Castellanos, dueño de la primera disquera que graba a Tovar y a Rosa Valencia, se abre la etapa de la evocación sentimental que hoy llamamos «música grupera» y que en los años setenta se llamó «tropical». De esa misma fuente beberá, muchos años después, Amandititita, hija de Rockdrigo, con sus «anarcumbias» mezcla de ritmos *kitsch* y crítica a la cultura pop.

Pero Rigo está llamado a reproducir como se pueda al vocalista único de los años setenta, al alienado ídolo de multitudes, al James Brown fronterizo: se separa pronto de Rosa Valencia para firmar, ya como Costa Azul, con Nacho Morales, el señor de Discos Melody.

Cada vez más extravagante, no sólo en el aspecto —el cabello esponjado, los lentes que reflejan a sus fans, los estoperoles y las lentejuelas, los collares y las esclavas de oro—, sino también en la actitud —la languidez del dios caído que se mezcla con las noticias sobre su creciente ceguera, lo que consagra su humildad en la grandeza—, Rigo Tovar reescribe en clave de cumbia un *porro* (atención, historiadores del léxico toxicológico) que su madre le cantaba de niño: *La sirenita*, filón vendible de la cultura fronteriza: lo híbrido de lo *naïve*. Convertido en himno a caballo entre el sexo playero y la esencia tropical, *La sirenita* es la consagración de Rigo Tovar como vocero de una cultura que sólo produce efectos traducibles por su simplicidad emotiva: «Rigo es amor».

Rigo Tovar no sobrevive a su propia infancia musical. En los años posteriores a *La sirenita*, y a pesar de *Quítate la máscara* (1987), será el personaje asociado a una sola canción y sólo podrá agregar a su biografía su poligamia y la estimación de su descendencia en dos docenas de sirenitos —recuento al vuelo de cientos de *groupies* de lo guapachoso—, y tres películas en las que sale de sí mismo, y millones de recopilaciones de éxitos en Fonovisa, y su ceguera, y sus enfermedades. Dos días antes de cumplir los sesenta años, el 27 de marzo de 2005, Rigo Tovar muere. En su funeral, lo destacable no son las huestes de fans, sino los empujones entre beneficiarios del testamento.

El resto nos reconocemos en el asombro: todos lo hemos bailado.

*Yo simplemente
me tengo que dejar*

Yo también nací en el 46
Élmer Mendoza

Lo primero que veo al entrar al Quijote es a Rigo Tovar conversando muy acaramelado con Liza Minelli: No manches, ¿cómo sería mi vida sin las cosas que no puedo creer? Aburrida y canalla, a poco no.

¿Qué onda, qué hacen ustedes aquí? Rigo se vuelve. Lentes oscuros. Estamos celebrando nuestro cumple, ¿verdad que sí? Cumplimos pero no cumplimos, aclara Liza, labios rojos, pelo corto, y los de la mesa contigua se desmayan. No veo a la Cococha para que me acerque una cerveza.

Órale, ¿pero qué hacen aquí, en Culiacán? ¿No estamos en Matamoros?, ya valí, Liza, ¿es verdad? Lo es, Rigo, viniste a tocar en la feria ganadera y a mí me trajo Leonor para hacer *Cabaret*: mañana estrenamos. ¿Y cuándo tocamos los del Costa Azul? Igual, mañana. Ah, entonces tenemos tiempo para festejar, salud.

Me acaba de proponer matrimonio, presume Liza, la meliflua. Dos jóvenes de una mesa cercana se desploman. Órale. Los meseros los arrastran de inmediato a la calle. Oye, ¿serías nuestro padrino? Ya fueron por Ferrusquilla y en cuanto llegue nos casará. Pero Ferrusquilla no es juez. No importa, los músicos somos como los militares, ya ves que los de alto rango pueden casar; pues acá lo mismo, no negarás que el maestro Ferrus es un jerarca de la composición. Es un gran jefe. Liza exhibe con monería su anillo de compromiso: es un aro de tapa de cerveza.

Observo el lugar, comparten mesa, tequila y botanas Syd Barrett, Elfriede Jelinek, Marianne Faithfull y José Ramón Fernández. En este momento entran Cher y Julian Barnes, que se instalan donde otros desmayados son retirados sin contemplaciones. Juan Manuel Roca se entiende bien con Dolly Parton y George W. Bush, quienes admiran profundamente a Rigo. En el pequeño templete Los Rancheritos del Topo Chico se preparan. Don Catarino Leos dirige la operación: ¿Y mi mesero favorito?

Quiero que seas para mí —susurra Rigo en el oído perfumado de Liza— mi amiga, mi esposa y mi amante. Seré lo que haya que ser, mi rey. Se miran a los ojos, se besan. ¿No que no? Y tendremos un sirenito justo al año de casados. Esta es una mujer que vale la pena, reconoce el cantante, me la voy a llevar a Matamoros. Al fin aparece la Cococha con una cubeta de cervezas pero se pierde de inmediato; tiene arrinconado a uno de los chicos del Costa Azul y no quiere perder tiempo. De pronto, dieciocho personas echadas del bar por desmayo entran con caras de pocos enemigos. Al frente viene la Reina del Nornoreste y el ambiente se tensa. Ándese paseando. Se le achacan las muertes de Jimi Hendrix, John Lennon y Manolo Muñoz. Rigo se pone verde. Es alta, cuerpo sublime y rostro como el de Bo Derek en *10. La mujer perfecta.*

Tovar se levanta como resorte. Mi amor, la mujer que más amo en Matamoros. Cállate, imbécil, y lo aplasta en su silla. Y pobre de ti que te muevas, quiero oír lo que dice esta zorra. Minelli se pone de pie —originaria de Los Ángeles, testigo del nacimiento de la Mara Salvatrucha gracias a un amigo mexicano—, infiere en lo que se acaba de meter. Hey hey, ¿qué es esto? Más respeto para mi marido. ¿Tu marido? Estás demente, ese hombre es mío, soy su esposa, su amiga y su amante. ¿Ah, sí?, pues yo soy su sirenita. No me digas, ¿y ya besaste la cruz? Lo besé todo, ¿quieres ver mi marca en su cuerpo? Por favor, muchachas, Rigo intenta evitar que aquello llegue a mayores. Cállate y siéntate, ahora es Liza quien amenaza con quebrarle los lentes o los huesos si no hay más. Esto es cosa de mujeres, añade la Reina, que usa botas negras con punteras de plata. Se dice que varios narcos se han retirado porque ella lo pone como condición para salir a cenar con ellos. Rigo termina de golpe su cerveza y le paso la mía. Se halla en una encrucijada.

Los músicos afinan, don Catarino Leos ya prueba el micrófono para cantar.

Las personas que llegaron con la Reina dejan oír sus impresiones:

No sé si Rigo es amor, lo que sé es que es un bombón, expresa Iconoclasta. No digas tonterías, Rigo es amor y ya, refuta L. A. Rigo no sólo es amor; es calor, sudor, arena pegada a la piel, sereno en el valle, cuerpos asándose en la H. H. H. ciudad de Matamoros, interviene Manu. Aquí Irma Idalia Cerda confiesa: Lo que más me atrajo de él, fue su melena leonina, ¿o debería decir rigonina? Rigo es amor, huercos, remata Aidé C. G. Andrea entorna la mirada y aclara: Mi corazón es delicado. ¿Qué te puedo decir de un hombre que lo tiene todo?, manifiesta José María Cantú. Cantas en público, te debes al público, a partir de ese momento ya no te perteneces: tu vida es una extensión de los demás. Alfredo Mata Noyola increpa al cantante, que no encuentra cómo salir del atolladero. Los presentes observan, beben, comen y cuchichean. Bill Clinton está feliz.

Él me eligió, mira mi anillo, se burla Liza en la cara de Bo, que se vuelve a Rigo demudada. Jamás te voy a perdonar este insulto, mamarracho: jamás me diste un pinche anillo, ni de oro, menos un aro de cerveza, desgraciado; tu ingratitud no tiene nombre. Nos vamos a casar y no estás invitada, machaca la californiana. Durante dos minutos las mujeres intercambian insultos y en los dos siguientes analizan la situación.

Entra Ferrusquilla con una corbata con el rostro de Beethoven estampado. Don Catarino lo encuentra para saludarlo y lo pone al tanto. Ferrus lo escucha atento, luego se encamina a la puerta pero Rigo Tovar lo detiene: Maestro, no me abandone, acérquese, por favor. Si hay impedimento no lo puedo casar, Rigo, es incorrecto. Ningún impedimento, aclara la Reina del Nornoreste, nosotras ya nos pusimos de acuerdo, somos dos novias y lo va a casar con las dos. Ándese paseando. Se hace un silencio profundo en el que Rigo se bebe dos cervezas y sonríe. Los presentes aplauden, gritan, ríen, y Los Rancheritos se arrancan con *Mi amiga, mi esposa y mi amante*. Rigo, después de firmar

54

y besar a las novias, toma el micrófono, da gracias a Dios y canta como sólo él sabe hacerlo. Quiero que seas para mí...

Cuando David Gilmour se cuelga el acordeón para tocar *La sirenita* que va a cantar Freddie Mercury, llegan Leonor y el Zurdo Mendieta y nos sacan de allí, a Liza, por el estreno de *Cabaret* en unas horas, y a mí porque debo seguir mi vida. Nos resistimos, pero Mendieta toma nuestros brazos con firmeza y nos conduce a la puerta. Rigo no lo puede creer, pero apechuga; total, ahí tiene a Bo y a Diane Keaton, que se ha acercado muy melosa.

La sirenita: objetividad y ficción
Leonardo da Jandra

Las canciones que mejor recordamos están ligadas a aconteceres especiales de nuestras vidas. Son momentos de discontinuidad que la memoria registra de manera inequívoca y que con el paso del tiempo adquieren una condición referencial que interconecta nuestras fibras más íntimas. Basta que oigamos de nuevo la canción para que automáticamente se active el dispositivo nemotécnico que nos retrotrae vívidamente a los inexpertos escarceos del primer amor, o a la desilusionante experiencia de una ingrata aventura. Y es tal el poder de esos recuerdos, que terminan dándole a la objetividad vivida la naturaleza de una ficción que se resiste a ser desplazada por la presentaneidad efímera.

En julio de 1979 mi compañera y yo emprendimos una aventura que, como toda verdadera aventura, tenía un destino imprevisible. Íbamos en busca de una playa para enraizar un proyecto utópico de pareja que para siempre dejara atrás la opresiva racionalidad de las grandes urbes deshumanizadas y ecocidas. En la ciudad de Oaxaca, después de una azarosa espera de más de dos horas en una terminal de escenografía inverosímil, subimos a un autobús antediluviano junto con una multitud de indígenas, bultos y animales que estaban desparramados por los bancos de madera y el sucio y aceitoso piso de tierra batida. Aún no dejábamos los polvosos valles centrales cuando empezamos a sentir en nuestras piernas los agresivos alfilerazos de unas vidas mínimas. Al subir las partes bajas de los pantalones, descubrimos el afanoso alboroto de una cantidad increíble de pulgas. Fue un auténtico desafío desviar la atención de esos vampiritos saltarines entregados eufóricamente a chupar sangre citadina. En varias ocasiones Raga volteó con gesto insumiso en busca de solidaridad, pero era obvio que a los pasajeros nativos les traía sin cuidado el acoso de las pulgas.

De pronto, al estruendo chirrionero del motor se impuso una música tropical que yo jamás había oído. Ocupábamos los asientos de la segunda fila y los espasmos guapachosos de las bocinas nos llegaban con una claridad agresiva. Raga me miró con una expresión sonriente que pretendía ocultar la desilusión que desbordaba todas nuestras expectativas. Yo ya había hecho ese recorrido a principios de 1973, cuando la mitad de los pasajeros eran *hippies* o desertores de la guerra de Vietnam que venían con sus chicas en busca de un refugio que todos identificaban con el paraíso: Zipolite. Entonces, en las cuatro cabañas de la mítica playa se fumaba generosamente la mejor marihuana de México (la pelo rojo de San José Pacífico) y se oía a Pink Floyd, Santana, Led Zeppelin y B. B. King en aparatos novedosos incorporados a las camionetas gringas y que sólo admitían cartuchos de ocho pistas. Aún no había llegado la oleada de chilangos hippie-

57

tecas que después malograrían con sus hábitos parasitarios los gustos musicales y la sana convivencia pacífica.

Casi cinco horas después llegamos a San José del Pacífico y allí nos tuvimos que quedar otras quince horas, mientras reparaban unos derrumbes causados por las intensas lluvias. Estuve dormitando en el asiento hasta que en la nebulosidad del ensueño empecé a oír el ofrecimiento de comida grasosa. De fondo seguía la misma voz a lo largo de diez canciones, que iban y regresaban con una tonalidad naca pero inequívocamente seductora. De todas las canciones me quedé con una que hablaba de una pareja de idiotas costeños que al parecer habían engendrado una extraña criatura marina. El estribillo —*Tuvimos un sirenito*— aún hoy me sigue pareciendo irresistible. Hacia la quinta repetición le dije a Raga que le preguntara por el nombre del cantante y de esa canción. Y fue así como oí esos dos nombres que se grabaron en mi memoria: «Es de Rigo Tovar y se llama *La sirenita*».

Transcurrida media eternidad, amarillecidos de polvo y molidos como hamburguesas, nos detuvimos al fin en la infernal Pochutla. Atardecía bajo un calor untuoso y en el cielo se movían inquietos nubarrones con presagios de lluvia. Nos metimos en el único hotel que había en el centro y, luego de un regaderazo del que salieron escupidas varias cucarachas, nos tumbamos en la mugrosa cama que había en la habitación, sin siquiera preocuparnos por el promiscuo intercambio de poderes entre las pulgas que habíamos traído del autobús y las que había en el hotelucho. A punto de desconectarme, oí un tímido suspiro que me hizo emerger del sopor con ánimo belicoso; percibí de reojo que en los ojos que Raga tenía fijos en las telas de araña del techo había un refulgir lacrimoso. Y una vez más empecé a dar vueltas —como un tronco desarraigado a merced de la corriente— al maldito complejo de culpa: no, definitivamente la sensibilidad de esta chava tan citadina no podría soportar las veleidades del trópico.

«Hay un alacrán allí arriba en la esquina», dijo Raga con la resignación de un enfermo terminal. Enfoqué la mirada y enseguida dije, con la intención de quitarle al momento la tensión explosiva: «Ah, no te preocupes, ahí va a seguir cuando nos levantemos». «¿Y si nos cae encima?», insistió ella agudizando el tono. Como respuesta, un tronido sideral estremeció el cuarto. En ese entonces, ahora puedo decirlo sin ambages, yo era un egoísta de mierda; así que me di la vuelta y me quedé dormido.

Deambulaba por una playa solitaria y cálida, de arenas blancas y gruesas lamidas por un mar turquesa al que se sobreponía, en su ir y venir armonioso, una melodía primigenia que me resultaba extrañamente conocida. Ya las más antiguas talasocracias habían identificado el mar con una placenta gigantesca que latía y respiraba, y que podía cambiar de ritmo a capricho. Pero lo que yo veía y lo que oía no se correspondían, y la discordancia fue aumentando hasta un punto en que unos quejidos me hicieron emerger bruscamente. Estaba empapado en sudor, aunque afuera llovía sin medida. De inmediato reparé en la música que llegaba a través de la endeble pared, y percibí también que

Raga seguía con los ojos fijos en el techo, mas ya no con el brillo lacrimoso sino con un destello de sorpresa, que sin duda obedecía a los jadeos y grititos que se acompasaban con la música.

—¡Mierda, no es posible! —exclamé para adelantarme a las inminentes quejas de Raga.

—Jung les llamaba sincronías —dijo ella en un tono pícaro que me sorprendió alegremente.

Lo cierto es que era la misma canción pegajosa que habíamos escuchado durante la interminable reclusión en el autobús, pero ahora con el agravante de esas onomatopeyas cachondas que se sobreponían a la voz provinciana y edulcorada que entonaba *La sirenita*. No tuvimos la menor duda de la naturaleza del acto que provocaba esas expresiones tan parecidas a maullidos. Por fortuna, al acabarse la canción concluyeron también los maullidos. Me levanté con la intención de darme otro baño y de nuevo volvió a sonar la canción. Vi que Raga esbozaba una sonrisa retadora y rompí en maldiciones. Pero apenas se adueñó del ambiente la voz gangosa del cantante, revivieron los espasmos gozadores con más ímpetu, como si el acoplamiento de los gatos fuera ahora de jaguares. La franca carcajada de Raga me empujó con estúpida solemnidad hacia el baño. Cerré la puerta y abrí a tope la regadera para aislarme. Cuando salí no podía dar crédito a la escena: la canción seguía sonando, pero los rugidos se habían transformado en un estribillo mucho más poderoso que el del pinche sirenito. «¡Ay, que me matas!», repetía la voz de la mujer, mientras la cabrona de Raga, a una distancia infinita de la amenaza del alacrán que aún seguía en el techo, se tocaba golosamente los suculen-

60

tos pezones con una mano, mientras se introducía los dedos de la otra en el surco sublime.

Siempre me han parecido un sucedáneo defectivo los alicientes externos. Sin embargo, esta vez sirvieron para descargar gozosamente las tensiones que amenazaban con convertir el inicio de nuestra aventura en una deshonrosa derrota. Raga sintonizó sus jadeos con los que llegaban a través de la pared y yo terminé agradeciéndole al mantecoso chofer del autobús que hubiera elegido el mismo hotel para su desfogue brutal.

Nos levantamos temprano y decidimos desayunar en el pequeño restaurante que estaba a un lado del hotel. La mesera que nos atendió estaba en consonancia con la fealdad proverbial del entorno. Cuanto más me esforzaba por encontrar algo loable a qué aferrarme, más espantoso me parecía el lugar. Sobre la mesa que la muchacha había limpiado con un trapo astroso, pululaba en desinhibida festividad una muchedumbre de moscas. La señal no podía ser más clara: había que salir de allí cuanto antes.

A punto estábamos de concluir, cuando entró al restaurante una pareja que nos congeló por completo la relación con el ahora. Dejé de espantar las moscas y observé sin pudor cómo los dos personajes se instalaban con donosura en la mesa próxima a la nuestra. El tipo era un animal ejemplar, trabado de espaldas y por encima de un metro ochenta de estatura. Tenía una cabellera tupida y trigueña; la cara sombreada por el desmonte de una barba espesísima y las cejas unidas por dos alitas peludas que le daban a los ojos áureos un realce de ave de presa. Pero fue la mujer la que me hizo capitular, agradecido de encontrar un ejemplar semejante de belleza tan exótica en medio de ese muladar. Vestía una minifalda amarilla que permitía el lucimiento cabal de unas piernas excepcionales; la parte superior la ceñía una camisa satinada de manga corta, color oro viejo, y la intencionada desabotonadura del escote propiciaba el asomo de unos pechitos perfectos. La expresiva sensualidad de sus ojos negros contrastaba ligeramente con el pronunciado puente nasal y un bozo incipiente sobre el labio superior. Al instante, Raga y yo supimos que habían sido ellos los causantes del desborde erótico.

—¡Qué mujer tan rara! —masculló Raga.

—¡Está buenísima! —añadí retador.

Algo dijo el semental que desató una carcajada de su acompañante. La risa, como una humareda en medio de un cielo impecable, contaminó enseguida el encanto. Era un cloqueo antisensual y torpe, ajeno por completo a aquella apariencia encantadora. Luego dijo: «Ay, cómo eres», con un dejo hombruno que llevó al límite mi desconcierto. Urgí a Raga a que terminara lo que restaba de sus chilaquiles y me levanté para pagar la cuenta. En el momento en que le estaba dando unas monedas de propina a la mesera, la belleza exótica repitió la carcajada procaz. Miré hacia la mesa en una mezcla indefinida de subyugación y repudio, y entonces oí que la mesera me decía: «Es un mushe». Asentí sin entender nada, pero guardé en una parte esencial de mi experiencia tropical ese singular encuentro. Veinticinco años después, alcancé al fin a ficcionarlo en las páginas que siguen, parte medular de mi novela *La almadraba*:

Catalina apartó con aversión el dominio de la máscara y enfrentó la mirada lasciva del Ingeniero: Pues vengo a lo que le dije en la comida, Ingeniero, quiero proponerle un trato.

—Sí —dijo el Ingeniero, empezando a disfrutar lo que la situación prometía.

—Ya sé que a usted no le gusta mucho hablar —dijo ella intentando buscarle otra entrada al laberinto.

—No, prefiero que sean los demás los que digan mentiras.

—Pues yo vengo a pedirle un favorzote, Ingeniero. Que nos libre de ese Mantarraya hijo de la chingada. Él es el que los guía, sin él se van solitos a fregar a otro lado y volvemos a quedar tranquilos como estábamos. Ingeniero, usted es el único que puede, nomás dígame cuánto para juntárselo —y como el Ingeniero seguía con la mirada fija en los suculentos muslos, Catalina tensó el tono—. ¿O piensa usted igual que el Biólogo?

—No —respondió, y bajó la vista hacia los huaraches dorados que dejaban entrever el vivo rojor de las uñas pintadas con el mismo esmero que las de las manos.

La pregunta de Catalina lo retrotrajo al momento en que el Biólogo, sofocado por el calor y abrumado por la actitud bronca de los guerrerenses que lo habían mandado al carajo, le decía: «Lo mejor es dejarlos para que se confíen y meterles una demanda que ni Dios los pueda librar del bote. ¿O tú qué piensas?», había insistido el Biólogo para romper el silencio incómodo que ahora obligaba a Catalina a hacer la misma pregunta:

—¿Usted qué piensa, Ingeniero?

Pensaba que de nada servía seguir pensando, que ya todo estaba pensado, y que al decirle que él no tenía ni madre, ni mujer, ni hijos que proteger, ni amigos, ni tierra por los que luchar, lo único que lograría sería aumentar la desconfianza y menospreciar lo poco que se había logrado. Pensaba que el riesgo que ya había aceptado era tanto que podía permitirse pedir lo que quisiera, y lo que en ese instante pensaba que quería era que aquella boca vulvosa dejase de hablar y se cerrara sobre la dureza que ya le empezaba a sobresalir por el borde superior del *short*.

—Desabróchate la camisa —dijo el Ingeniero al instante en que dejó de pensar.

—Todavía no me ha dicho sí o no —dijo ella apartando la vista del *short*.

—Quítate la camisa porque voy a cobrar un adelanto.

Catalina se levantó, comenzó por el botón de arriba y siguió con los demás botones sin detenerse hasta que se desprendió por completo de la camisa. Aunque no eran grandes, sus pechos estaban tan plenos y rotundos que el Ingeniero le hizo señas para que se acercara, y cuando los tuvo al alcance los agarró y apretó varias veces y, antes de que Catalina diera un chillidito, en la cabaña de al lado comenzó a sonar *La sirenita*, y por primera vez el Ingeniero agradeció esta canción que le parecía la más cursi de Rigo Tovar. Se levantó y al quitarse el *short* frente a Catalina dejó libre aquella animalidad palpitante.

—¡Ay, qué barbaridad! —y al decirlo se dobló sobre el órgano y estuvo a punto de ahogarse cuando el Ingeniero la tomó por la cabeza y la atrajo con fuerza.

Después del afloje siguió mamando un buen rato con la dulzura irresistible aprendida en más de diez años de oficio, y al cabo sintió en la lengua las primeras lágrimas del goce. El Ingeniero la hizo incorporar y la tomó por los diminutos pezones, tan pequeños y sabrosos como los de una adolescente.

—¡Quítate la falda y la pantaleta! —ordenó mientras le apuntaba con su arma trabada en la mano.

—¡Ay, Ingeniero, eso no se va a poder!

—¡Quítatelas te digo!

—No, Ingeniero, mejor se viene en mi boca.

—Me voy a venir; pero en todos tus agujeros, cabrona.

—¡Ay, Ingeniero, por mí sí; pero no es lo que usted piensa…!

—Y a quién carajo le interesa pensar ahora. ¡Quítatelas de una vez!

—Es que yo no nací mujer, Ingeniero. Soy mushe.

—¿Que eres qué? —y antes de que *La sirenita* terminara, Catalina se quitó la falda y el calzón y en medio de una matita hirsuta dejó entrever un apéndice con la puntita brillante a la luz del candil.

—¿Qué es eso?, preguntó espoleado el Ingeniero. ¿Es tu clítoris?

—No, pero es como si lo fuera; es mi pilincito; y mire nomás cómo se está poniendo —echó la pelvis hacia delante para que se pudiera notar la erección de aquella cosita.

—¡Baila! —ordenó el Ingeniero y Catalina comenzó a moverse metida ya de lleno en su papel seductor.

Se tocaba los labios con los dedos y después rozaba con las yemas la punta de los pezones y el pilín y daba vueltas y flexionaba para que sus nalgas viciosas

65

incitasen a una cabalgada de lujuria. En una vuelta el Ingeniero la trabó por la espalda y la dobló sobre el borde de la cama. Y de nada hubieran servido las excusas si no fuera porque la música cesó de pronto y los dos cuerpos se quedaron suspendidos en silencio hasta que Catalina se separó, y al instante, la voz de Rigo Tovar volvió en medio de un rafagueo de aplausos.

—Espérese tantito, ¿no tendrá por ahí una cremita o algo? —dijo Catalina tratando de resistir el jalón con que el Ingeniero pretendía doblarla de nuevo sobre la cama.

—Así nomás, para que sientas el rigor, viciosa.

—Ay, no, qué barbaridad, así en seco me mata.

—Sólo tengo una cajita de Vick, y si no con saliva…

—A ver, páseme el VapoRub —dijo Catalina.

El Ingeniero fue a la repisa y trajo la cajita; la abrió y se la dio a Catalina.

—Va a arder un poquito al principio —dijo ella con sonrisa pícara mientras se doblaba sobre la verga del Ingeniero y la introducía en la boca.

Al sentir los pases deleitosos, el Ingeniero volvió a jalarla de la cabeza. Ella apartó la cabeza amoratada. La primera impresión fue de escozor; pero enseguida sintió que el hormigueo le bajaba de la punta a la raíz y se extendía como un soplo enloquecedor por todo el cuerpo. Tomó a Catalina por la cintura y la volvió a acomodar sobre la cama. Con la crecida del efecto, el Ingeniero empezó a empujar con desesperación, pero Catalina le agarró el órgano y le susurró que no comiera ansias. Después dirigió la punta briosa hacia su objetivo y con calculada suavidad comenzó a excitar los bordes de la entrada.

Durante cinco canciones, aflojándole a los embates entre canción y canción para que los «ayes» de Catalina no escandalizaran más a los vecinos, el Ingeniero estuvo dándole duro y tupido, hasta que al final Catalina comenzó a derrengarse entre gritos y súplicas y el Ingeniero entró con todo para arrancarle a Catalina un chillido que se sobreimpuso a los aplausos con que la plebe celebraba a su ídolo.

Popurrí malogro
Carlos del Castillo

EL LENGUAJE DE LAS FLORES*
Poema granadino del novecientos,
dividido en varios jardines,
con escenas de canto y baile.

Jazmín) En todas mis canciones yo te amaba.

PERSONAJES
La tía

ACTO PRIMERO
Habitación con salida a un invernadero.

TÍA: Eléboro, fucsias y los crisantemos, Luis Passy vio-
láceo y altair blanco plata con puntas heliotropo.
TÍA: Calla. No repliques.
TÍA: Luego bien que te gusta olerlas.
TÍA: ¡A ver si te equivocas!

---

* *Doña Rosita la soltera* o *El lenguaje de las flores*, Federico García Lorca (fragmento).

TÍA: Anda, barre el invernadero.
TÍA: ¿Y tiene la flor?
TÍA: No hay otra.
TÍA: Y decir, ¿qué...?

MÁQUINA ROSITA

1. UN JARDÍN DE GRANADA A LA ORILLA DEL GOLFO DE MÉXICO

Las manos que desgarran las flores mientras en los jardines. Dice, podrías haber dicho algo. Dice, andar sólo para no terminar de decir. Dice, te perdiste al buscarle. Dice, eras el pétalo plástico que se empolva, el búcaro lacado, el mantel de encajes. Dice. LA CASA QUE SE DESPLOMA VACÍA, LA CASA DE PAREDES VERDE MENTA QUE SE YERGUE SIN HILOS PUENTES CORDONES, LA CASA QUE SE MUERE. DICE. DICE, LA VIEJA DE PINCHE OCHENTA AÑOS QUE RESPIRA. Unos discos comprados en la carretera. Unos casetes vistos en el puesto junto a los ramos de gardenias junto a las frutas a los trastos, frente a los niños muertos.

Nardos) En esta casa donde yo vivo, calle Primero de Mayo, donde lloro al visitarla por mis más grandes recuerdos.

TÍA *(riendo)*: Mira a ver quién entra. *(Hay un silencio en la escena, donde se oye el golpear de los bolillos.)*
TÍA *(poniendo un alfiler)*: Y cuarenta.
TÍA *(inquieta)*: Casi me lo figuro. Ojalá me equivoque.
TÍA *(suave)*: Calla.
TÍA *(con ironía andaluza)*: ¡Perdona, perdona! Se me había olvidado que ya eras un hombre.

69

TÍA *(enérgica):* ¡Silencio! *(El Ama llora con grandes so-*
llozos.)
TÍA: ¡Dios dirá!

(Salen. Queda la escena sola. Un piano lejísimo toca
un estudio de Cerny. Pausa. Entra el Primo y al llegar
al centro de la habitación se detiene porque entra Rosi-
ta. Quedan los dos mirándose frente a frente. El Primo
avanza. La enlaza por el talle. Ella inclina la cabeza so-
bre su hombro.)

Romero) Te fuiste para siempre, volaste de mi lado y
sólo me has dejado recuerdos de tu amor.

2. FLOREROS ESTILO SIGLO XX

(El espectador se refleja en un espejo que pende frente al
rostro de doña Rosita.)
Nicho de cristales y azúcar.
El clavel del costado de Dios.
Cortar manos para que nadie escriba cartas.

Lavanda) Una carta nomás, una carta nomás y que
diga: No te voy a olvidar.

Lavanda) Sólo quiero que no seas tan ingrata y que tú
me contestes para saber que yo sigo siendo el dueño
de tu vida.

Unos novios macerados, embalsamados, azucarados.
Unos novios que bailan mientras lloran.
Unos novios que marchitos.

70

Los muertos son muertos. Cuellos y loción-esencia.
Sobre tu largo cabello gimen las flores cortadas.

Epazote) En tus cabellos tienes, mi cielo, un montón
de rosas.

Ojos-Pestañas-Aurora.
Encajes como espinas.

(Coge un jarrón de agua y hace una cruz en el suelo.)

Sigo esperando las flores.

(Se abrazan en el vis-à-vis. *Lejos se oye el piano. El Primo sale. Rosita queda llorando. Aparece el Tío que cruza la escena hacia el invernadero. Al ver a su tío, Rosita coge el libro de las rosas que está al alcance de su mano.)*

Galán de noche) Volverás, golondrina de ojos negros
que va cruzando el mar.

ACTO SEGUNDO
Salón de la casa de doña Rosita.
Al fondo el jardín.

TÍA: Pues cállate.
TÍA: ¿Pero por qué te metes en lo que no te importa?
TÍA: Bueno: y punto final. Bien está que la zafia hable,
    pero que no ladre.
TÍA: Eso es mentira.
TÍA: ¡Cállate, maleducada!

71

TÍA: ¡Es que tú la quieres como nadie!

TÍA: ¿Pero es que conmigo no se puede hablar?

TÍA: No hay reuma que resista. *(Pausa.)*

TÍA: Con sus rosas.

3. NOCTURNAL / EN LAS ESTEPAS DEL ASIA CENTRAL / VENUS

(Doña Rosita lo mismo puede estar al centro de un bosque de mangos, de una casa de azulejos desteñidos, de una biblioteca con libreros enormes, de un cementerio, de una celebración, de un hospital. Cualquiera de estos se desvanece al instante en el escenario. Sólo se ve un destello, un fantasma.)

ROSITA: No hay un papel para mí en mi tragedia / suave, íntima, mediocre: ESCUCHO.

AMA *(baja la cabeza, silencio, melancólica):* ¡Rosita!

ROSITA: Un vestido de muerte es el pago por la espera, el monto del YO QUIERO es la vejación, la apariencia lánguida, una canción triste, lo que me causa placer porque me digo que me causa placer (la vejez), el útero hecho nonatos. / Ama, trae rápido el espejo que he amarrado frente a mi rostro. Ama, quita del jardín de la entrada los cuerpos deshojados de las flores.

Aquí, la elección nuestra, más mía que de las otras que vivieron detrás de mí. La elección es mía. Mío el futuro y mía la muerte de otro futuro aún más atroz. La ausencia es mía y mío el no estar. Quería desvanecerse, algo en mí desde el principio quería desvanecerse. No abrirse paso a la nada. Estar sola si bien se puede estar como se están los recuerdos fortuitos./Yo quiero recordar todo lo que quiera recordar en el momento mismo en que lo quiera recordar. No cuando se aparezca, no quiero el azar de la memoria, quiero el catálogo expuesto, las venas abiertas del pundonor,/justo ahí, un objeto al que puedo acceder sin más./Cuandoyoquiera-cuandoyoquieracuandoyoquiera.

Nardos) Pero la vida sigue su curso dejando sólo recuerdos.

Alfileres en los dedos.
Cigarros mentolados./Canutillo.
Telas blancas.
voz (voces): Te dolerá lo que ha nacido de ti.

Galán de noche) Cuando sientas el hastío de otras tierras volverás.

Albahaca) Como estas golondrinas buscando primavera, así, niña hechicera, un día dijiste adiós.

TÍA: ¡Niña!
TÍA: Dejadla hablar.

(Baja ciclorama. Se lee: En la siguiente imagen podemos observar, de forma acelerada, el crecimiento de las plantas, un jardín, un bosque, una vida. Se proyecta la imagen.)

Azahar) Volveré cuando todo haya acabado, cuando todo esté olvidado y me sienta seguro de no volverte a querer.

trae a mi esposo para que sea despojado de su prole Ama trae a mi esposo para maldecirlo trae a mi esposo para morir en su honor trae a mi hermano para cobrar su muerte trae a mi madre para darle la espalda trae a mi padre para amarlo trae a mi hermana para que sea humillada trae a mi hijo para yacer con él Ama/ tráeme a mis hijos para matarlos

Laurel) Cómo será la mujer.

ACTOR ROSITA

Yo quiero ser una máquina, una máquina de movimiento perpetuo que flagele la inmovilidad. Yo quiero ser una máquina para no decir nada, para no decir nada, para no decir nada y para que el que escribe hable por mí. Quiero no estar, que el espejo que pende de mi rostro, Ama,/Ama, quita el espejo que pende de mi rostro. Ama, ven, párate junto a mí. ¿NO ES HERMOSA LA PLAYA BAGDAD? Muertos. Toca mi vientre, hay un ser que bombea nardos, espigas, trinos de tordo de un bulevar cualquiera en Tampico.

Galán de noche) Al llegar a otras playas muy lejanas, de mi amor te acordarás.

74

*Sala baja de ventanas con persianas verdes
que dan al jardín del Carmen. Hay un silencio en la
escena. Han pasado diez años. Aparece la Tía y se sienta
en una silla baja, en el centro de la escena. Silencio.*

Clavel) Mi único consuelo es tu retrato, el cual tomé
en mis manos lentamente, al verlo casi me lo como a
besos y a solas, ya en silencio, le decía:

(Ama le quita el espejo del rostro. El Actor Rosita HACE
COMO QUE *se desnuda.)*

Hace un momento les mentí, yo no era Rosita. Ella
podría decir: No hay otra forma de estar. La relación
entre las flores, su permanencia, su estadía momen-
tánea, el adorno. Yo les digo: No hay otra forma de
estar. Rosita podría decir: Todo se desvanece frente a
nosotros: la memoria, los recuerdos, el olvido. Todo se
va sin más. Rosita podría decir: La vida aparece en la
REPRODUCCIÓN, sólo ahí. Yo, en esta tragedia, hago los
coros.

TÍA: Quitando las últimas macetas del invernadero.
TÍA: Sí, sí: que pagara con sangre lo que sangre ha costado, aunque toda sea sangre mía, y después…
TÍA: Resucitarlo y traerlo con Rosita para respirar sa-
tisfecha con la honra de los míos.

Pasionaria) Tus caricias serán el fantasma terrible.

(Entra la Tía. Sonidos de aves muertas. Murmullos y ruidos de platos. Ramas que crecen. Azucareras. Cantos rodados, polvos perfumados. Luz que desciende. Calles color azul. De pie en el proscenio.)

ROSITA: Ama, ¿dónde está la Tía?

AMA: No está. Ella no está.

LA TÍA *(voz dulce):* Tú gritas. Tú observas tu reflejo, tú desapareces y tú estás frente a ti misma. Tú gritas. Tú lloras. Tú gimes. Tú dejas de existir. Tú cantas. Tú sigues. Tú gritas.

(Música de fiesta. Cumbias, polkas.)

Violeta) Una calandria cantando su dolor.

(Un pájaro muerto en las manos de Rosita, lo sostiene de las alas. / Una imagen en las manos de la Tía. La imagen: un pájaro muerto con las alas abiertas.)

Teresitas) Te traigo sobre mis alas unos amores que ya perdiste.

LA TÍA: Tú gritas. Tú mueres. Tú haces nada. Tú no estás. Tú no puedes. Tú no podrías. Tú no querrías. Tú desapareces. Tú vives. Tú estás. Tú gritas. Tú gritas. Tú gritas.

(Sale la Tía.)

ROSITA: Las tías son solas, tristes. Las tías son música en la modulación de la amplitud de cada onda. Las tías que en los videos, pelo batido, bailan y gritan por unos lentes sepia una cabellera sonrisa cadena de oro. Las tías son periferia. Sencillísimo, bellísimo, facilísimo: AMAR ES DOLER.
Paquetes de jabón Maja.

(Flores que huelen a niño muerto. Mutis Actor Rosita.)

TÍA: Calla, ¡no sigas!
TÍA: Con la vejez todo se nos vuelve de espaldas.
TÍA: La nueva casa no es esto. Pero tiene buenas vistas y un patinillo con dos higueras donde uno puede tener flores.
TÍA: Me gustó mucho. Se lo he dicho siempre. Sobre todo cuando ella va a morir y se acuerda de su madre y la llama.
TÍA: Pero usted sigue escribiendo.
TÍA: ¡Qué le vamos a hacer! Ya nos queda poco tiempo en este teatro.
TÍA: Ese es el defecto de las mujeres decentes de estas tierras. ¡No hablar! No hablamos y tenemos que hablar. *(A voces.)* ¡Ama! ¿Ha llegado el correo?
TÍA: ¡Qué tontería! *(Aparece por el fondo de la habitación un Muchacho de dieciocho años.)*
TÍA: Ven, y corta unas flores.

Jacinto) Sabes, todos esos días que no te vi me sentía triste, volví al parque muchas veces, vi aquella silla bajo aquel flamboyán, cuando regresábamos a casa, lo recordé y lo añoraba.

TÍA *(entra):* Como siga este viento, no va a quedar una rosa viva. Los cipreses de la glorieta casi tocan las paredes de mi cuarto. Parece como si alguien quisiera poner el jardín feo para que no tuviésemos pena de dejarlo.

TÍA: Es la puerta del invernadero. ¿Por qué no la cierras?

TÍA: Estará toda la noche golpeando.

TÍA: Yo sí. Yo sí la oiré.

5. CASA ENTRE FLAMBOYANESJACARANDASLABURNOS O HAY COSAS QUE NO SE PUEDEN DECIR PORQUE NO HAY PALABRAS PARA DECIRLAS

(Un cuarto enorme. Rosa. Su corazón es una rosa de los vientos. Entra el Muchacho.)

Ante ustedes un malabarista, un saltimbanqui, que hacía de las mujeres sus rosas únicas; la rosa única que sólo puede llevar el nombre de Rosa. Quería decir, en esa boca abierta:

Pasionaria) Todo el que olvida recoge quimeras.

Siempreviva) Y se fue. Se perdió en la lejanía. / Yo he quedado como algo que ya no existe.

Todo el que olvida recoge quimeras. *El Muchacho dice: Todo el que olvida recoge quimeras.* Quería decir, en esa mirada oscura: Yo he quedado como algo que ya no existe. *El muchacho dice: Yo he quedado como algo que ya no existe.* ¡Ah!, ¡mi alma tiene el mismo color de

78

mi vestido! Lo digo aquí como si estuviera desnuda de frente marchita pistilo flácido desnuda refulgente. Pero no lo estoy. No me alcanzan las fuerzas para decir y hacer. Soy como soy y así soy yo.

Lirio) Aquel amor que se fue ya nunca volvió porque así lo quiso Dios, porque así soy yo.

(Se ilumina el gineceo de Rosa. Putrefacción, caída de hojas. Primavera. Sale el Muchacho./Entra el Muchacho vestido de Rosa.)

MUCHACHO. *Con una mano tapando su rostro. Dirigiéndose al público.* Baja ciclorama. Se lee: «En la siguiente imagen podemos observar, en tiempo real, el crecimiento de las plantas, un jardín, un bosque, una vida». Proyección de la imagen en el rostro de Rosa.

(Todo este tiempo hubo una silla en el escenario. Rosa la pone de espaldas al público, se sienta. Rosa de los vientos: [0, 0].)

Gardenia) Y si en los jardines de tu pensamiento florece un rosal.

La ley de la pasión:
En las estepas del Asia Central
Juan Carlos Bautista

Parecía un caso de rutina. Pasadas las seis nos llamó el comandante para ordenarnos que fuéramos a Iztapalapa a investigar las circunstancias de un crimen. «Una de esas pinches cosas de putos», dijo. Ramón detuvo la patrulla frente a una carpa polvorienta y remendada, con una marquesina con la mitad de los focos fundidos que anunciaba al Circo Abreu. En cuanto nos vio llegar, una multitud corrió hacia nosotros.

—¡Allá! ¡Allá! ¡En aquel tráiler! —gritaban todos al unísono.

—El pobre de Yin está tristísimo —dijo un hombre de casaca, una casaca exagerada, de treinta y tantos botones.

—Es un desgraciado, es un desgraciado —exclamó una mujer de barbas hasta el pecho, mesándoselas con aprehensión—. Yo sabía que esto iba a suceder tarde o temprano. Es un maldito, un vividor. ¡Aplíquenle todo el peso de la ley!

—Tú no puedes decir nada —dijo otra mujer, extremadamente flaca y vestida de manera anticuada—. Siempre les tuviste coraje. Puro ardor, mi reina. Como ninguno de los dos te hizo caso...

80

—¿Que ninguno me hizo caso? ¿Que ninguno de ese par de chinos rogones me hizo caso? ¡Ja!

—Yo no creo que haya sido él, señor oficial —intervino tímidamente una rubia vestida como bailarina, de pechos turgentes que apenas le cabían en el leotardo y que tenía ese aire arrobado de quien viaja eternamente alado sobre el lomo de un caballo.

—Cómo de que no,
—si quiso huir,
—pero Yang,
—que pesa como una vaca,
—se lo impidió —dijeron los enanos con extraordinaria sintonía.

—Se querían tanto —agregó el domador, acariciando misteriosamente el látigo.

—Se odiaban de tal forma que daba gusto verlos —sentenció la mujer barbuda.

—¿Quién es Yin? —les pregunté, un poco fastidiado por el bullicio.

—El asesino —dijo el domador, que era el hombre de la casaca exagerada.

—Aunque visto desde otro punto de vista —meditó la flaca— es la mitad de la víctima.

—O la mitad del culpable —precisó la mujer gorda, que no había hablado pero a quien el asunto evidentemente la mantenía en un alto grado de excitación.

—También puede verse como un semihomicidio, ¿verdad? —dijo uno de los enanos.

—O un suicidio a medias —dijo otro.

—O como si uno de ellos, Yin, decidiera acabar con la peor parte de su persona —añadió un tercero.

—O sea: Yang —concluyó uno más.

—¡Insidiosos! —dijo la rubia en un gritito—. Yang era una buena persona.

—¡Un lujurioso! ¡Un lujurioso! Traicionaba a Yin con lo que se le pusiera enfrente: hombre, mujer o caballo —dijo la mujer barbada.

—Qué bien sabes, chiquita —dijo la flaca.

—¿Y tú? —respingó ella— ¿Tú no sabes nada?

—¡Pongan sus barbas a remojar! —gritaron los enanos, actuando siempre a manera de coro griego.

Sólo el payaso, triste como el más clásico de los payasos, se mantenía callado.

Ramón cruzó conmigo una mirada completamente desorientada.

—¿Podría alguien explicarnos todo con calma? —pedí entonces.

—No se hagan bolas —nos dijo un hombre que surgió del fondo de la carpa, de melena encrespada y lentes oscuros. Su sola presencia hizo callar a todos.

—Es Rigo, el funámbulo —murmuró a mi oído la mujer flaca.

Avanzó hacia nosotros con paso extraño, volviendo la cabeza repetidamente hacia arriba, como oliendo la atmósfera.

—Es que es cieguito —añadió mi informante.

¿Un ciego alambrista?, pensé. Pero era un oficio, una manera de ganarse la vida, y no me detuve en ello.

—Yin y Yang —explicó el recién venido— eran siameses.

—Es decir: un alma atrapada en dos cuerpos —añadió la gorda, presa de un pensamiento súbito y secreto.

—O peor aún —dijo la mujer barbuda—: dos almas teniendo que compartir el mismo individuo: dos cabezas, cuatro manos, cuatro piernas... Un monstruo. Eso: un monstruo.

Mientras tanto, habíamos llegado al tráiler. Rigo abrió la puerta, que estaba levemente entornada, y en medio de la habitación, entre el desorden de trapos chillones y sillas rotas, como si nos estuviera esperando, vimos a Yin abatido, sentado en un viejo taburete. De su cadera izquierda colgaba Yang.

—Pasen, pasen, por favor —nos dijo, cortés como el más oriental de los siameses—. Perdonen el reguero.

Yo he visto muchas cosas, cosas espantosas, crímenes que dejarían helado al más valiente, pero todo este asunto me tenía confundido y no sabía por dónde comenzar. Como si pudiera ver nuestro desconcierto, el funámbulo sonrió. Era una sonrisita mula, del que adivina la flaqueza de los demás. Me puso un poco de mal humor.

—¿Y si comienzan por contarnos lo que pasó? —dijo Ramón.

El chino volteó a mirar a Rigo y él, sin dejar de sonreír, asintió con la cabeza.

—El viejo delirio —comenzó Yin entonces, con voz muy suave—: dos cuerpos que corren a encontrarse, y ya ven en lo que acaban.

Se hizo un silencio. El payaso levantó la cara. Los enanos dejaron de empujarse.

—Me gustaría que estuviera aquí la prensa —prosiguió el siamés—. Yang estaría feliz.

—¡Cuenta! ¡Cuenta! —conminaron los enanos.

—Él y yo nos amábamos, ¿saben? —dijo Yin dirigiéndose sólo a Ramón y a mí.

—¡Incesto! ¡Incesto! —exclamaron los enanos ya en plena chacota.

—No es nada de eso, no. Lo de hoy no es para el tribunal de lo familiar —continuó el presunto homicida—. No puede ser incesto porque no éramos hermanos. Aunque suene increíble, Yang y yo no fuimos siameses de nacimiento. Los auténticos recurren inmediatamente al bisturí para deshacerse del otro. Es claro que uno, quien sea, no puede vivir pegado a alguien más por causas naturales. Nosotros, en cambio, que nos amábamos tanto que no podíamos vivir el uno sin el otro, recurrimos al cirujano para lograr nuestro sueño: pegar nuestros cuerpos, confundirlos de tal manera que ninguno supiera quién era uno y quién era el otro. Es la ley de la pasión: un solo cuerpo, un solo plato, un solo traje, una misma cama estrecha. Uno, en cuerpo y alma.

—¡Qué horror! —exclamó, sin poder contenerse, la mujer barbuda.

—¡Qué asquito! —añadió, con voz más baja, la flaca.

La rubia se llevó la mano a los pechos, como conteniendo la respiración. Su mirada brillaba tristemente.

El payaso arqueó las piernas y caminó como un perro herido, haciendo caras de lástima. Rigo lo detuvo en seco.

—Ahora no —le ordenó.

Yin suspiró profundamente y continuó su relato.

—Conocí a Yang cuando los dos éramos muy jóvenes. Teníamos muchas cosas en común y nos caímos bien. Trabajábamos en una construcción, de albañiles... ¿No fue ahí también donde nos conocimos los tres, Rigo? —se interrumpió para preguntarle al alambrista, pero este no contestó—. Yang siempre fue raro. Le gustaba leer; se iba lejos a sentarse en alguna piedra o donde fuera y se ponía a leer. También era alegre y muy bueno para contar historias. Una vez contó una que me gustó mucho: Era sobre un músico ciego que llegaba a la corte del gran khan. Un músico de esos que andan con su guitarra de fonda en fonda, medio roquero, medio romántico, medio norteño y medio-de-todo. Había ido a la corte del rey de los mongoles porque supo que era un hombre muy triste y lo quería curar. Entonces empezó a tocar una cosa muy buena que, dijo, había compuesto especialmente para él. Se llamaba *En las estepas del Asia Central*, era una pieza fabulosa y puso a bailar a todo el reino. El músico estaba muy contento porque pensó que el gran khan lo iba a nombrar noble y le iba a dar la mano de su hija; pero, en cambio, el mongol le mandó a cortar la cabeza porque ya había escuchado antes la melodía y odiaba las mentiras... Todo era muy chistoso. No lo sé contar, pero era deveras muy chistoso...

El siamés comenzó a reírse. Se cubría la boca con una mano, apenado de no poder controlar la risa.

—¿Te acuerdas, Rigo?

El aludido carraspeó molesto y le ordenó que continuara con la otra historia. La suya con Yang.

—¡Ah sí, Yang! Él era muy bueno, ¿sabe? Éramos muy felices. Pero un día, no sé cómo, se nos ocurrió la idea de unirnos. Ese fue el error. En cuanto salimos del hospital se transformó en un verdadero demonio. Se hizo insoportable. Para empezar, apestaba: olerlo todo el día era una tortura. No sabía nunca lo que quería y su humor cambiaba constantemente. Al hablar me escupía. Hablaba todo el tiempo y exigía silencio a su antojo… Pero, ¿importaba eso? No, señor, nada de eso importa a los siameses… Dije que él era malo; pero no, no es esa la palabra que lo describía: era diabólico. La misma noche de bodas —es decir, la primera noche fuera del hospital, ya sanados, aunque adoloridos, con el cuerpo lleno de moretones—, esa misma noche nos dimos cuenta de que no podíamos hacer el amor. ¿Cómo acoplarnos si los dos estábamos unidos en la misma dirección? Yang estalló en ira. Me arrastró fuera de la cama y así, semidesnudo, me llevó a un lupanar espantoso. Cruzamos la ciudad a oscuras mientras me insultaba. Unos rufianes, que parecían estarlo esperando, lo besaron efusivamente en cuanto llegamos.

—¿Esta es la chacha que te conseguiste? —dijo uno de ellos.

—Mi mujercita adorada —contestó Yang—. Saluda. Saluda, te digo. Unos amigos.

—Pero, Yang querido —dijo otro—, ¿la cirugía conjuntiva? ¡Lo que hay que hacer para retener a la servidumbre!

Y se rieron. Se reían como hienas y bebían con avidez.

—¡Brindemos! —dijo una mujer cacariza y asmática—. La ocasión amerita un brindis especial: ¡Por el amor eterno!

Al entrechocar sus copas, Yang rompió la suya y las astillas me hicieron pequeñas heridas. El rostro me sangró.

—¿Lo ven? ¡Mi mujercita es una dolorosa!

Se les antojó bailar. La música era salvaje, indescriptible. Yang quiso que bailáramos con todos. Mi tronco brincoteaba en los brazos de los demás como un muñeco de trapo.

—¿Tienen opio? —preguntó Yang.

—Ah, un opio tan bueno que provocaría otra guerra entre China e Inglaterra —dijo un hombre enjuto al que le faltaban casi todos los dientes de enfrente.

—Yang me drogó —continuó Yin, turbado de pronto—. Me condujo al fondo del lupanar, a un cuarto de espejos donde casi me vuelvo loco: entramos dos y luego éramos cuatro, y luego ocho, y luego diez mil. Grité horrorizado y perdí el conocimiento. Cuando desperté me estaba subastando al mejor postor. Una multitud de borrachos me miraba con los ojos enrojecidos e hinchados y cada uno alzaba la mano al hacer su oferta.

—¿Por tan poco valoras la sabiduría erótica china, maldito? —increpaba Yang a cada uno de los postores— ¡Es un arte milenario! ¡Dos chinos! ¡Dos veces milenario!

Así, todas las noches. Cuando despertábamos casi siempre éramos tres. O cinco. No importaba. Yang sonreía, me acariciaba como a una yegua y guardaba sus fajos de dinero en el doble fondo del cinturón.

Pero le obedecía en todo, y no me apena decir que con amor. Me ponía a modo para que sus amigos me humillaran cuanto quisieran.

—¡Mira adónde me llevaste con tu cuento de amor, pendejo! —me gritaba él.

Pero le sacaba provecho: de día en el circo; de noche en el burdel.

—Pero... se hubieran separado... —sugirió Ramón.

—¿Cómo cree? —dijo Yin—. Lo amaba más que nunca. Además no podíamos: el cirujano, que trafica-

87

ba con órganos, aprovechó para dejarnos con un solo riñón y Yang lo había arruinado con su alcoholismo... Aparte de todo, Yang tenía algo... algo...

Todos callamos, pero fue uno de los enanos el que hizo la pregunta que nos turbaba:

—¿La tenía buena?

—¿Ya no se acuerdan? —murmuró Yin con una sonrisa maligna.

—Eres un degenerado —dijo la mujer barbuda.

—Qué vergüenza —vociferó el domador.

—¡Sucio! —aulló la mujer flaca.

—¡Linchémoslo! —gritaron los enanos, que en un abrir y cerrar de ojos ya tenían las piedras en la mano.

El payaso contemplaba la escena con cara de abatimiento infinito.

—Señores, ¡por favor! —alcé la voz.

—Es un depravado, ustedes lo han oído —dijo la mujer barbuda.

Rigo se metió en medio de todos y ordenó que se callaran. Para evitar mayores incidentes, procedí al arresto. Yin extendió las manos sin oponer resistencia.

Una vez en la estación de policía, luego de los trámites obligatorios, había que tomarle la declaración. De pronto, ya a solas con él, Ramón y yo sentimos piedad y simpatía por ese hombre pequeño que limpiaba el rostro de su amante para la foto de prensa.

—Pero, si se querían, ¿qué necesidad había de llegar a esto? —le dije. La pregunta, lo reconozco, era francamente idiota.

Yin alzó los hombros.

—¿Cuándo comenzó en este asunto...? —le preguntó Ramón, visiblemente nervioso.

—¿En lo del asesinato? Apenas hoy.

—No, no... en esto del homosexualismo...

Yin abrió los ojos sorprendido.

—Verá usted —continuó Ramón—, tengo unos amigos, ellos también son como ustedes...

—¿Siameses?

—No, no... Así: homosexuales. Está del carajo que dos güeyes se quieran, no sé... En fin. ¿Pero el asesinato? Es demasiado...

A Yin le ganó un acceso de risa. Su carcajada le hacía parecer otra persona, no el tipo fino y delicado que habíamos visto. Le dije a Ramón que saliéramos, el interrogatorio lo haríamos más tarde. Justo al entornar la puerta, llegó la prensa y se abalanzó sobre el siamés.

En la madrugada sonó el timbre del teléfono. Ramón levantó la bocina.

—No chingues —dijo—. Voy para allá. ¿Que no encuentras a Walter? Orita lo localizo, no te preocupes.

Colgó y comenzó a vestirse.

—Tenemos que ir a la estación —me dijo, mientras yo me quitaba las lagañas—. Yin se suicidó.

Al llegar había un enjambre de fotógrafos. Estaba también la gente del circo y nos acercamos a saludarlos como si fueran los deudos. El payaso tenía el maquillaje batido y los pantalones orinados. Los enanos miraban todo como niños en un velorio. El funámbulo no volvió la cabeza al escucharnos: traía unos audífonos que apenas le cabían en la enorme pelambre y parecía llevar el ritmo de algo con el pie derecho. Decidí no molestarlo y nos abrimos paso para ver el doble cadáver. Ahí estaban: al cabo tranquilos y abrazados. Luego, mientras revisábamos el expediente, pensé en lo que nos dijo Yin acerca de la ley de la pasión y me sentí incómodo, con ganas de no estar ahí.

Por la declaración del alambrista nos vinimos a enterar que Yin y Yang eran, por supuesto, nombres artísticos; que en realidad se llamaban Pedro Wong y Artemio Chang, de treinta y dos y treinta y cuatro años, respectivamente; de oficio circense, pero antes obreros, albañiles, carpinteros; músicos en sus ratos libros, habían tenido una banda junto con Rigoberto Sánchez, pero luego se habían cansado de ella; eran solteros para la causa legal, mexicanos, nacidos ambos en Matamoros, Tamaulipas.

No que no

Bigger than the Pope
Benerva!

Oh Rigo, mi Rigo
el azaroso viaje de las drogas ha terminado
al fin venciste ido, ciego:
ya se oye
ya se escucha
ya se siente.

Mas no ves, corazón, oh Rigo
cómo el recuerdo permanece
sobre el puente en el cual mi Rigo
cantaste vibrante, majestuoso, único.

Oh Rigo, mi Rigo
levántate aguerrido
y escucha a tus seguidores cantando
al unísono tus cumbias
oh mi Rigo
tú el alboroto
por ti se izan las banderas
levántate sin delirio
por ti brindan el papa, los presidentes de Italia,
Francia, Alemania y su majestad
la reina de Inglaterra
para ti el rivo, la coca y
todos los barbitúricos.

Oh Rigo, mi Rigo
por ti la multitud se arremolina
por ti llora
por ti su alma llamea
y la mirada ansiosa, con verte
se recrea.

Oh Rigo, ¡nuestro Rigo amado!
Vamos tus canciones a poner en alto
verdad histórica es que en este puente
(San Luisito)
te encuentres en la memoria universal
vibrante, majestuoso, único.

Rigo no responde

Pero en cada radio su legado
la feliz recreación en él del puerto de Tampico
aún entre los años sin que nadie pueda vencerlo
                                                [en el oleaje:
elsirenito
oh, playas eternas, alegres:
que suene hasta Matamoros (querido)
en tanto que seguimos recordando, certeramente
por los sitios de los sitios, donde Rigo, nuestro Rigo
siempre vibrante, majestuoso, único.

Queremos tanto al tío Rigo
Elda L. Cantú

Aprendí a bailar con Rigo Tovar. Tenía dos o tres años y los hermanos adolescentes de mi mamá me subían al cofre del coche de mi abuelo estacionado en la calle. De las ventanas abiertas del auto apagado brotaba la voz de Rigo: *No que no, vas a llorar por mí, cuando estés lejos de mí.* Mis tíos, tardíos *jeans* acampanados, greña lacia partida por el medio, camiseta ajustada de colores, apretaban los puños y sus codos pegados al cuerpo trazaban círculos al compás de sus pies. Yo los imitaba mientras mis zapatos blancos de trabita aporreaban el metal dorado. *Llorarás y sufrirás pensando en mí. Vivirás, recordarás, pensando en que no volveré. Llorarás, sufrirás pensando en mí.* Mis papás, señores universitarios, eran diez años mayores y en casa escuchaban a los Carpenters y a los Beatles, que también tenían melenas y guitarras eléctricas, pero que no ponían a nadie a mover las caderas. Ese año, mis tíos y casi medio millón de personas habían ido a un concierto de Rigo Tovar en el lecho seco del río Santa Catarina bajo el llamado Puente del Papa. Antes, en ese mismo lugar cien mil personas menos habían ido a una misa oficiada por Juan Pablo II. Que la gente tenga más ganas de bailar que de rezar no le sorprende casi a nadie. Pero que quien convoque a una multitud del tamaño de la que se reunió en Woodstock sea un tipo que le canta su amor a Matamoros, en esa *linda región a la orilla del río Bravo,* es motivo de nostálgica vanidad. Mientras mis padres aún escuchaban a un cuarteto de chicos que se creían más grandes que Jesucristo, mis tíos y yo preferíamos el son de un hombre que derrotaba a su representante en la Tierra.

La segunda vez que aprendí a bailar cumbia tenía catorce años y no fue con Rigo Tovar. Para ese entonces, la cumbia se había convertido en el único pretexto decente que tenía una muchacha para ponerle la mano en el hombro a un chico y sentir su mano en la cadera. En la frontera, los muchachos podían tomarnos de la cintura a la vista de todo el mundo sólo si lo hacían con la excusa de perpetuar una tradición regional. La música grupera había pasado de los barrios y los bailes populares a los últimos minutos de las fiestas de quince años, a la recta final de las noches de discoteca. De día, la adolescencia era una desabrida colección de *hits* de Fey, Enrique Iglesias y Paulina Rubio. Pero por la noche, con la nariz del muchacho que te gustaba metida entre la oreja y el cuello, los amos del *soundtrack* eran unos señores de bigote y sombrero que se hacían llamar Bronco. Hacían *hits* pero no tenían la pinta de roquero rebelde que había hecho famoso a Rigo Tovar durante la década anterior. Tal vez por esa falta de ídolos glamurosos de la cumbia mis amigas y yo aprendimos a bailarla en las cocinas de nuestras casas, pidiéndoles prestados sus casetes y grabadoras a las nanas que nos habían criado. Para entonces, a mitad de los años noventa, Rigo Tovar era sólo los acordes de *La sirenita* y *Quítate la máscara*, un tipo casi ciego de melena anticuada que nos hacía mover la cadera ocho minutos entre un corrido y un merengue en las fiestas quinceañeras, pero a quien casi no recordábamos. «Una celebridad —dijo el humorista norteamericano Fred Allen— es una persona que se esfuerza para ser bien conocido y luego usa lentes oscuros para evitar que lo reconozcan.» Aunque las gafas oscuras son un síntoma del éxito, el músico de Matamoros no sólo estuvo enfermo de triunfo. Igual que José Feliciano, Ray Charles o Stevie Wonder, Rigo Tovar era un cantante que perdió la vista y, junto con ella, la capacidad de prosperar en la cima. Sus lentes no eran la pose de un famoso cansado de la celebridad, sino el presagio del anonimato y la sombra. Un ídolo ciego es una estrella fugaz.

Rigo Tovar, nuestro héroe, ha caído víctima de la ironía *hipster*. Esa tribu de modernos que se aburre de lo pop y *mainstream* y se disfraza de camisa de granjero, gorra de camionero y zapatos de abuelita, ahora reclama la cumbia para sí. En la capital del país se venden camisetas con su rostro en estética retro. En algunas fiestas se toca la versión de Plastilina Mosh de *Mi Matamoros querido* y Érik Rubín canta *La sirenita* en la versión más entonada que jamás se grabó y que nadie, pero nadie, bailará guapachosamente a las tres de la mañana en una boda. Las hijas de mis tíos no aprendieron a bailar cumbia apretando los puños y moviendo las piernas sobre el cofre de un auto. Ellas, adolescentes de la era reggaetón, jamás sabrán que esas canciones eran la excusa para que un chico te sujetara la cintura por primera vez.

Tamaulipas, provincia discreta del noreste mexicano, cuenta con los dedos de la mano a sus celebridades. Reynosa se ufana de ser la patria chica del padre de Benny Ibarra y de una miss que protagonizó cuatro telenovelas; Tampico celebra haber visto nacer al subcomandante Marcos, pero sólo Matamoros tiene a Rigo. Ahí, en la calle donde vivió de niño y que ahora se llama igual que él, el ídolo está en un monumento sobre un pedestal de ladrillo. Los pantalones medio acampanados, la camisa de cuello, el micrófono, los anteojos, la melena dura de metal. A los *hipsters* que visitan Tamaulipas y preguntan por su icono *kitsch*, los locales les cuentan que van a quitarla porque los conductores se distraen al mirarla y chocan. Pero lo cierto es que nadie se queda embobado mirando al padre del movimiento grupero mientras maneja. Su hechizo no está en el brillo de su estética ochentera que atrae en la capital, ni en el cepillado de su sedosa cabellera. Ahí, en Matamoros, y en todo Tamaulipas, Rigo Tovar no es una ironía sino el protagonista de nuestra nostalgia. El tío greñudo que nos enseñó a bailar.

No son palabritas
Alisma de León

Como nadie te ha querido, como nadie
te querrá, yo te quise y yo te quiero y,
por siempre, te querré.

Rigo Tovar, *No son palabritas*

Monterrey, 1979. Rigo Tovar logra congregar a miles de seguidores en las márgenes del río Santa Catarina. La cifra extraoficial revela cerca de cuatrocientas mil personas reunidas. A partir de ese día, y para siempre, Rigo será conocido como «el ídolo de las multitudes».

Después de ocho horas de estudio, nadie puede pensar con claridad. Al menos Dinorah y yo parecíamos incapaces. Bueno, en realidad, yo parecía incapaz. Dinorah estaba concentradísima en las páginas sin sentido del libro de cálculo integral que teníamos sobre la mesa.

Mientras ella repetía: «La integral de toda función racional en la que el denominador se puede descomponer en factores reales de primero y segundo grado puede solucionarse», mi cabeza iba de la rebanada de pastel que descansaba sin molestias en el refrigerador, a la torre de discos, apilada junto al reproductor, que casi imploraba que me levantara y eligiera alguno.

Y lo hice.

Encima de la pila estaba el LP de *Grease*. Comencé a separarlos. Dinorah me lanzó una mirada asesina que con valentía ignoré para seguir con la tarea de

99

clasificar los discos de acuerdo con mi preferencia. Pronto la sala empezó a lucir como pista de baile sólo que, en lugar de luces de colores, estaban los Bee Gees, Michael Jackson, ABBA, Village People, Billy Joel, Kiss, Donna Summer, Chicago, Van Halen, Elton John, Barry White, Barbra Streisand, Stevie Wonder... Y apenas iba a la mitad.

Cuando ya no quedaba un solo lugar libre en el piso, consideré expandirme. Invadir el espacio debajo de la mesa en la que estudiábamos era algo demasiado audaz, así que opté por el pasillo. Quedaban pocos discos en mis manos y, al utilizar el área que estaba justo detrás de la silla en la que trabajaba Dinorah, ella volteó:

—¿Rigo Tovar? —preguntó.

—Se lo robé a mi hermano y lo traje porque pensé que alguna vez podríamos necesitarlo.

—¿Necesitarlo? Ah, caray...

—¿Has escuchado las canciones de Rigo Tovar?

—No todas.

—Ah, pues son muy buenas. Cuando salió su primer disco, toda la música grupera adquirió un nuevo significado. La redefinió por completo —dije, agitando el acetato del Costa Azul—; es más, con él casi casi nació todo el movimiento grupero.

—Cómo eres exagerada.

—No, no, no, hablo en serio. No sabes, en sus canciones usa guitarras eléctricas, sintetizadores, bajo eléctrico y los mezcla para crear el sonido de su Costa Azul. Lo que es todavía mejor es que en cada disco encuentras algo distinto: nuevos ritmos, instrumentos, ufff... Hace poco supe que es fan de los Scorpions,

Ozzy Osbourne, vamos ¡hasta de los Beatles! De ahí ha tomado toda esa onda que se trae. Tú, que eres tan fan del *rock*, deberías escucharlo completo —le señalé la carátula del disco que tenía en mi mano— ¡Y hoy da un concierto aquí! Bueno, no aquí aquí, en el río Santa Catarina, ¿vamos?

—Ah, qué casualidad —murmuró Dinorah— ¿Pero no se supone que estamos estudiando?

—Pero ya casi acabamos. Anda anda, un ratito de distracción nunca ha matado a nadie. Quihubo, ¿sí?

Después de diez minutos de negociación, la convencí. No sin antes, claro, prometerle que estudiaríamos todo al día siguiente, pero de eso me preocuparía mañana; por el momento estaba tan emocionada ante la perspectiva de ir al concierto que levanté todos los libros de la mesa sin mirar a Dinorah. Acto seguido, tomé *Mi Matamoros querido* y lo puse a sonar en el tocadiscos.

Antes de que terminara el disco, ya estábamos cambiadas. Dinorah salió del departamento y yo me entretuve buscando algo de feria. Cuando cerraba la puerta, escuché que Dinorah, desde la acera, cantaba: *A orillas del río Bravo hay una linda región, con un pueblito que llevo muy dentro del corazón*. Y me apresuré para alcanzarla.

Vivíamos en Country, casi sobre avenida Garza Sada, por lo que no teníamos más que salir a la avenida, esperar a que pasara el Ruta 1 y hacerle la parada.

Hubiera deseado que el tiempo que tardó en llegar pudiera compararse con el tiempo que nos dio para subirnos, pagar y buscar un asiento. El arrancón del camión me llevó directo al tubo que esperaba para salvarme del trancazo seguro. Por supuesto, una vez a salvo, vi que no había un solo asiento vacío.

Siempre he admirado el temple de los choferes para manejar semejante monstruo, repleto de gente, como si fuera un diminuto auto de carreras en el que viajan solos. Ir de Garza Sada hasta la Independencia para bajarnos en Morones Prieto y caminar hasta el Santa Catarina fue, después de por poco terminar como dama de compañía de la estampita de san Gabriel que estaba pegada en el vidrio delantero del camión, casi un milagro digno de canonización.

—Sí sabes en dónde es, ¿verdad? —preguntó Dinorah.

—¡Claro!, le pregunté a una amiga que conoce a una chava que tiene una prima que va a ir al concierto —y saqué un papel, algo arrugado, de mi pantalón.

En realidad, aun sin la dirección, dar con el lugar tampoco hubiera sido muy complicado. Bastaba con seguir a varias muchachas que hablaban, enloquecidas, de todas las canciones que, creían, Rigo cantaría, para confirmar que la dirección en mi arrugado papel era la correcta.

Conforme nos acercábamos, el grupo que iba delante de nosotras fue en aumento. De cinco, pasamos a ser diez, quince, veinticinco, hasta que fuimos cerca de cuarenta llegando a las márgenes del río. Una vez ahí, ya no éramos más que un ínfimo puñado en comparación con los cientos de personas que llenaban el lugar.

Como pudimos nos abrimos paso entre una multitud que exclamaba al unísono: «Rigo, Rigo, Rigo».

Levantaban las manos y cuando no gritaban, hablaban exaltados de lo que sería el concierto. Los minutos avanzaban y, al acercarse el momento de que diera inicio, el espacio vital mínimo requerido entre todos nosotros empezó a perder importancia. La consigna parecía ser estar lo más adelante posible y gritar a todo nuestro potencial.

Una parte de mí temía lo que podría pasar al dar inicio el concierto; la otra, sentía cómo la adrenalina que envolvía a los que me rodeaban se filtraba en cada uno de mis poros y les imponía esas mismas ganas de gritar, brincar y agitar el cabello. Lo único que me detenía era que no estaba segura de lo que pasaba por la cabeza de Dinorah. Sus ojos se empequeñecían al intentar enfocar el lugar en el que estaba todo preparado para que tocara el Costa Azul.

—¿Sí alcanzaremos a ver? —preguntó.

Antes de poder contestarle, Rigo estaba ya en el escenario.

Los gritos se intensificaron y se mezclaron con la música. La gente, enloquecida; Rigo, inconfundible. Vestía de negro de los pies a la cabeza —la distancia que me separaba de él me impediría asegurarlo, pero lo imaginé de cuero—, el cabello largo, suelto y esponjado, y sus inseparables Ray-Ban.

—¿Quieren escuchar «Monterrey»? —gritó Rigo.

La multitud enloqueció.

Los acordes de *Recordando Monterrey* se escucharon y no quedó voz sin interpretarla. A ella le sucedió una cascada de canciones que el público coreaba sin dar espacio a la respiración. Cada vez que Rigo se de-

103

tenía y volteaba para decirle algo a su grupo o simplemente tomaba un poco de agua, las fans reclamaban su presencia al centro del escenario: «Rigo, Rigo, Rigo». Y él volvía, complaciente, para agradecerles con su inconfundible brinquito.

Después de una hora, las pancartas continuaban gritando cuando sus portadoras estaban casi afónicas: «Rigo es amor», «Te amamos», «Mi Matamoros eres tú»; cientos de corazones con el rostro de Rigo Tovar ondeaban en cartulinas blancas; las parejas bailaban, poco importaba si estaban en un lugar en el que lo único que faltaba era espacio; miles de mujeres levantaban los brazos, aplaudían e imitaban con dos dedos el simbólico «amor y paz» de su ídolo.

Al ritmo de *¡Oh, qué gusto de volverte a ver!*, el río Santa Catarina se convirtió en un gran baile. Con el grito de guerra de miles, Rigo y su Costa Azul se consolidaban. No cabía la menor duda de que estábamos presenciando algo único. Al día siguiente, los periódicos locales anunciarían que Rigo había logrado reunir a más personas que el mismo papa Juan Pablo II en su visita a la Sultana.

Tan absorta estaba en el concierto que me había olvidado por completo de Dinorah. Cuando volteé a verla, Rigo cantaba *La sirenita* y ella entonaba la canción y bailaba junto a esa marea humana que se alzaba, atraída por el Costa Azul. Toqué su hombro y ella sonrió. No dudé en unirme a todos y cantar hasta casi desgarrarme la garganta.

Al estar el concierto en su punto máximo y la euforia convertida en éxtasis, sonó mi despertador. Como pude lo apagué, pero permanecí acostada. Con la mirada busqué los libros de cálculo, los discos en el suelo, pero todo eso había quedado en aquel 1979.

En la cama sólo estaba mi *laptop* a punto de caer. Me senté, la agarré y la coloqué en mis piernas. Deslicé el índice sobre el mouse y la pantalla se encendió. Había dejado abierto YouTube. Un video de Rigo estaba en pausa. Otras pestañas abiertas daban indicios de una investigación que no me estaba llevando a ninguna parte. En la madrugada había caído rendida ante la impotencia de no encontrar algo que me ayudara a recrear ese concierto del río Santa Catarina.

Cerré mi *laptop*. Quizá ya no era necesario buscar más. En mi mente todavía resonaba la letra de *La sirenita*. Mis pies aún se encontraban bailando al ritmo de Rigo Tovar.

Un pinchazo de energía me impulsó fuera de las sábanas, busqué un lápiz, corrí al escritorio y comencé a escribir:

«Después de ocho horas de estudio, nadie puede pensar con claridad. Al menos Dinorah y yo parecíamos incapaces...»

Todo el que olvida
recoge quimeras

Lamento de amor
//Rigo Tovar//
Eduardo de Gortari

El norte jugaba a Godzilla con los anuncios
                              [espectaculares
y yo era el único que esperaba en la parada del camión
De frente la playa, los ojos entrecerrados por la arena:
No era la primera vez que una chica me botaba/
pero Dios sabe que ella pudo elegir un mejor día.
El viento hacía discursos: un tratado de la erosión:
reconocer tu obituario en la radio del autobús
porque el walkman ya no tiene pilas:
nuestros finales son de mal gusto
nuestros finales son basura televisiva
El viento hacía discursos: un tratado de la erosión:
llueven martillos llueven clavos: ya no tenía dónde
                              [dormir
así que fui directo al ADO/para tomar otro camión/a
                              [otra ciudad:
no era la primera vez que me mudaba
pero Dios sabe que Dios pudo elegir un mejor día
Llueven martillos llueven clavos:
Madurar de golpe porque jugamos a Godzilla y me tocó
                              [ser Tokio
porque los malos programas las residencias los edificios
                              [acaban
y es sólo cuestión de viento

porque de ese entonces no recuerdas qué escuchabas
                              [con gusto en el walkman
sino esa canción que detestabas/en la radio
                              [del autobús, camino a la terminal
mientras el norte arrancaba con sus garras verdes las
                              [palmeras y los anuncios:
un tratado de la erosión

El hilo de tu voz
Yuri Herrera

Oh, qué gusto de volverte a ver,
saludarte y saber que estás bien,
oh, qué gusto volverte a encontrar,
tan bonita guapa y tan jovial.

Estás por llegar. Puedo olerte. Puedo sentir ya tu calor en mi piel a pesar de los golpes. Así de mucho esperar mi cuerpo a tu cuerpo. Tanto he anticipado esta hora que ya conozco y vale todo lo que me han hecho. Porque Dios quita y da, por eso fui a conocerte ese día en que llegué al trabajo y ya no había trabajo. Es decir: sí había, pero no para mí, mi lugar estaba ocupado por Amanda, la cajera, quien ya no sólo era cajera sino que atendía mi puesto, *mi puesto*; tú sabes cómo está la situación, Chícharo, dijo el dueño, quien no parecía preocuparse gran cosa por la situación cuando miraba las nalgas de Amanda, tiene empleo el que mejor hace las cosas y lo de anoche fue la gota que/¿lo de anoche?/, sí ¿qué no te acuerdas?, no de seguro no te acuerdas, nadie se acuerda de sus pendejadas, ¿verdad? Te pidieron dos especiales y mandaste dos mexicanas/oiga pero a poco por eso /, no creas que soy un desgraciado, Chícharo, tampoco, mira: pide lo que quieras de la carta y te lo llevas... Mediana, ¿eh?, y también un calendario llévate. Así dijo el cabrón desgraciado; luego me encontré al Vega,

111

sentado en la banqueta con su pizza mediana y su calendario en la axila, llore y llore, porque Vega está más jodido: tiene par de escuincles y si de repartidor apenas le alcanzaba ora que lo corrieron, según por mi culpa, porque él entregó las pizzas, que según yo tomé mal la orden, aunque clarito me acuerdo, la vieja me dijo que dos de... Total, ahí estaba Vega tristeando y, aunque yo nunca he sido ni su cuate ni briago tempranero, le dije vente, vamos a chingarnos unos tequilas, porque, ¿con quién más podía llorar y con qué sino con tequila?, y pedimos en una vinata de por ahí una patona de Sauza, como no nos alcanzaba le dejamos las pizzas y los calendarios para completar. La idea era echarnos dos-tres pero, aunque al principio todo fue: ¿y ora qué hago, y ora qué hago?, la plática se compuso y para cuando nos habíamos tumbado medio frasco ya teníamos un plan: íbamos a abrir nuestro propio negocio, al cabo ya sabíamos cómo funcionaba. Seguimos chupe y chupe, planee y planee. Al acabarnos la patona entera, la verdad ya se nos había olvidado el plan pero ¿quién nos paraba?, el tequila es de tristeza sabia. Vega empeñó su reloj por dos caguamas que nos duraron repoco y bien nos fue porque el reloj era chafita. Como ya era de noche le dije ora sí, Vega, váyase a dormir porque mañana hay que chingarle, ¡adiós futuro millonario!, me saludó alejándose. Así que de algún modo hay que agradecerle al cabrón desgraciado de la pizzería que me haya corrido, porque si no yo no me hubiera emborrachado con el Vega hasta la madrugada, no hubiera pasado junto a los teléfonos de mi primaria vieja, los mismos de donde saliendo de clases acostumbraba vacilar, ahí lavan ropa... ¿no?, ¡pus qué marranos!, y no hubiera marcado como la cosa más natural del mundo tu número, el único número donde había alguien dispuesto a escuchar mi voz.

—Información —dijiste.

Y yo:

—¿Cómo te llamas?

Y tú cortaste. Clarito podía verse que eras rejega. Cortaste. Yo solté la bocina que se quedó colgando en el aire, como un ahorcado.

Al otro día no me acordaba de nada, ni del plan, ni del reloj empeñado, ni de que te llamé. Con decirte que todavía me bañé y me vestí y hasta llegar al trabajo me cayó el veinte: ya no tenía nada que hacer ahí, me acordé luego del Vega y de las caguamas pero no del teléfono. Algo recordaba de un plan y me fui a buscar al Vega para que me refrescara el seso, pero en su casa salió su mujer toda fodonga con un chamaco en brazos, y flaca y triste me dijo que Paco, que así se llama el Vega, se fue con un tío a ver si lo mete de albañil a una obra. Como yo sólo sé tomar órdenes de pizza, ¡y hay que saber!, no cualquiera tiene la paciencia de leerle el menú a quién sabe quién y ya que se lo leyó le pregunten: ¿qué ingredientes me dijo que tenía tal pizza?, y luego espéreme porque consultan con toda la pinche familia; uno, que ya tiene callo, hasta sabe cómo es la gente al otro lado del hilo: conoce su voz, conoce su estómago, conoce a la persona, rápido se da uno cuenta del que está solo y pregunta y pregunta para no estarlo, el que es muy mamón y siente que todos son sus gatos, la que es madre preocupona y quiere que le digan cuáles son los mejores ingredientes; como yo sólo sé

113

hacer eso, me dije: pues ya no tienes nada que hacer y que voy a una vinata de por mi rumbo y como es mi rumbo me fiaron un Bacachá blanco y unas cocas. Así me estuve todo el día, chiquiteándome el Bacachá y escuchando Radio Uno, hasta que ya en la nochecita me pasó como cuando te despiertas pero no te quieres despertar y no sabes qué soñabas pero en cuanto te duermes de nuevo, de nuevo el mismo sueño se te aparece. Así me pasó; de repente que me empujo media cuba, que veo el teléfono frente a la escuela y que siento, como la otra noche, que tenía un lugar en el mundo: un lugar calientito y cómodo sobre tu pecho. Me levanté pensando en tu voz como un abrazo. Que voy a los teléfonos y que te marco.

—Información —dijiste.

Sí: era tu voz, profunda y suave. Tu voz que mejor estaría grabando discos como las viejas que se enseñan en la tele. Seguro tú eres más cachonda, pensé, y también lo sé por tu voz; es como el agua que dicen que se filtra, se filtra, se filtra por las piedras hasta que sale limpia y sabrosa, tu voz que corre por tus nalgas, tus nalgas que son grandes y duras, por tus pechos, por tu cuello, por tu boca, pensé, no me interesa si no eres tan bonita mientras seas tan dulce como parece tu voz, que es suave y profunda porque ya se limpió en todo tu cuerpo antes de salir:

—Información —repetiste.

—Me llamo César —dije—, me dicen Chícharo.

Cortaste. Si así pensabas matarme el amor te equivocabas. Me fascinan las rejegas. Volví a marcar.

—Información —dijiste.

Y yo de inmediato:

114

—Te quiero.

Silencio.

—¿Qué? —dijiste.

—Te quiero.

Y sucedió el milagro: cortaste, sí, pero antes reíste, antes tu risa como canto rebotó por los cables hasta salir por la bocina y acariciar mi oído, sólo mi oído. Cerré los ojos de placer, puse en su sitio la bocina.

Me amabas.

Por la mañana fui tempranito a buscar a Vega, él iba a entender. Ya no era un sueño. Nunca había estado tan seguro de algo como de que te amaba; Dios nos había juntado vía Sauza con desviación en Bacachá. Encontré al Vega desayunándose un pan con nata. Lo jalé afuera porque en su cantón nomás hay dos cuartos y todo se escucha, y le conté todo.

—No mames, pinche Chícharo —me dijo con los ojos muy abiertos—, ¿sabes de qué tamaño es la ciudad?, ha de haber cientos o miles de esas viejas que contestan.

—¡Es su voz!, si la escucharas...

—Yo nomás te digo, Chícharo...

—¡Pura madre que me dices! —le contesté empujándolo, porque ya me había encabronado—, por eso estás como estás: no sabes reconocer las oportunidades.

Me fui, mentando madres de los amigos que no son y de los pendejos que confían en quien no deben. Entré a la primera vinatería que me crucé, aunque no traía dinero, dispuesto a pedir fiado aunque no me conocieran.

—Bacardí blanco —ordené.

—Un segundo —dijo el dependiente haciendo con índice y pulgar el gesto de «péreme tantito» porque discutía con su mujer: ¿Cómo que se perdió, chingada? ¡Lo poco que tenemos y ahora cualquier hijo de la chingada va a encontrar la puta tarjeta y nos va a chingar todo! ¿Que qué haces...?, ¿que qué chingados haces? ¡Pues la reportas, me vale madre si no sabes el teléfono... llama a información!

El dependiente se volvió hacia mí y dijo:

—Ora sí, ¿qué quiere?

Pero yo ya no quería nada, salí de ahí jalándome las greñas. Llama a información, me repetía, llama a información. Cualquier hijo de la chingada se va a robar su tarjeta, cualquier hijo de la chingada se va a robar a mi mujer. Cualquiera, cualquiera. *Para llamar a información, marque el cero cuatro.* Vi un teléfono público. Mi primer impulso fue agarrarlo a patadas pero una patrulla doblaba la esquina. Agarré la bocina e hice que hablaba pero en realidad trataba de arrancar el número cuatro del tablero. No se podía. La patrulla llegó, miró gandaya, se fue. Le di tres trancazos fuertes a las teclas y no botaron.

Corrí a mi casa, cogí una navaja suiza que me gané en la rifa de fin de año de la pizzería; corrí a la calle, encontré un teléfono, enterré la navaja en el borde del cuatro y lo arranqué. Me dolió porque fue como lastimar a un compañero, pero tenía que arrancarlo; arrancar los ojos que quieren verte como yo te veo. Corrí al siguiente teléfono, lo herí, hui, corrí al siguiente teléfono, y al siguiente, no importaba que no acabara rápido, era uno menos cerca de ti, y todos los siguientes hasta que una idea me entró haciendo ruido como si el metro atravesara mi cabeza: no podía vigilar que la gente no te llamara *desde sus propios teléfonos*. Si me pegó así el miedo, fue porque mientras corría una aparición me detuvo en seco: una puerta se abrió, la de una casa donde sonaba el teléfono. No puede dejarse abierta una casa, no en estos tiempos. Puede meterse cualquier criminal. Que no se confunda nadie, yo me metí porque estaba ahí el teléfono, pidiendo con su berrido no que contestaran, sino que lo mutilaran. El problema fue que el ruco que iba llegando se asustó gachísimo aunque yo le explicara que la bronca no era con él sino con su teléfono.

—¡Tranquilo, cabrón!, escúcheme: de usted ni siquiera desconfío, se ve que ya no le hace a las mujeres (no es por ofender), pero sólo Dios sabe quién puede meterse así como yo ahorita y usar el aparato, ¡no se mueva!, además ni que fuera tan grave, puede marcar todos los números que no tengan cuatro, a poco no.

Pero el ruco no quiso entender. Empezó grite y grite «¡policía!», y yo no es tanto que me asustara igual que aquella vez que me tentó el teléfono y te descubrí, ahora el destino me puso una navaja en la mano y demasiado cerca la garganta del ruco haciendo «¡policía, policía!»

Y aquí estoy. Me apretaron, me torcieron. Me surtieron duro pero aquí estoy. ¿Hay alguien a quien quiera avisar?, preguntó un licenciado, y yo he dicho que no sé tu nombre pero conozco tu cuerpo y tu voz y tu cara no tan bella como dulce, les he dado tu teléfono para que te localicen, y ahora me siento un tipo feliz, porque por encima de todas las cosas, sé que en cualquier momento llegarás.

Cerrar
Susana Iglesias

Despierto con la sensación de no saber dónde estoy. Todo quedó atrás menos la ilusión inútil de olvidar. Un perro famélico me revienta por las noches frías: se llama recuerdo. A lo lejos las líneas de los montes: amanece. Me quedé dormida. Fue un segundo, una ráfaga de noche, cerrar los párpados, descolgarse en un sueño profundo y corto. Viento y muerte. Aferrarse a la varilla metálica, me cubro con la capucha de la sudadera. Está helando.

Extraño las borracheras con Bacachá, coca light, agua mineral. No tengo más ambición que dejar de sentir hambre; las promesas de una vida tranquila se fueron con la primera balacera. Dos años cuatro meses y cinco días después, el pueblo que me cobijó durante años quedó vacío. Los lamentos, los cuerpos sin vida, la podrida muerte rondando. No lo entendí. ¿Cómo iba a entenderlo?, ¿cómo entender que debía irme después de pasar mi vida entera en el pueblo? Un pueblo-infierno que me aceptaba, que me escupía pero me aceptaba, ¿cómo puedes entender que ya no verás el agua del pozo?, que no volverás a ver a tu madre sentada frente al portón, aquella que se fue antes de tiempo, la madre que nunca regresó, la madre que esperé. La sangre

118

de los muertos oxidaba aquellas risas en La Costa, el salón del pueblo: ahí bailé mil noches con hombres deliciosos que me pedían las nalgas a cambio de casi nada: apenas dinero, apenas sacudirse la tristeza dentro de mí, apenas escucharlos, todos con el mismo lamento: una mujer que se negaba a salir de su corazón.

Eso dicen, no les creo: nos negamos a salir de su sexo. Nunca tuve decisiones, ¿tú las tienes?, enséñame, dame motivos para decidir; yo no decidí este camino. Tengo frío. Mi padre se disparó una noche mientras mi madre se acostaba con mi tío, eso dicen mis tías, las primas, el cura, la señora que se alquilaba para llorar en los funerales, el panteonero: «Puta maldita», eso dicen todos que fue mi madre, por eso nadie se extrañó el día que decidí tomar el camino hacia La Costa. Mi padrote cargaba un rifle de cacería todo el tiempo; nunca lo dudé, el día que me golpeara sin amor, el día que en esos ojos no brillara el destello de los celos: ese pinche día le dispararía en los huevos.

Así lo hice, una madrugada me arrastró por todo el pueblo, había estado bailando con su amigo Valente, el mecánico del pueblo. Cuando se cansó, me solté y me eché a correr al monte. Ahí pasé la noche muerta de miedo; por la mañana regresé. Me salté por la ventana. Estaba dormido. Era un pinche ranchero con aires de gringo. Su madre era de Montana, eso decía. Lo vi morirse poco a poco, cada día se sentía más muerto, los hombres envejecen antes que nosotras. Había dejado la música del estéreo prendida, sonaba a todo volumen una canción de Rigo.

Miré el póster sobre su cama. Te detesto, pinche Rigo, todo podría ser tu culpa, cabrón. No te soporto, pero no puedo dejar de escucharte cuando ando trepada en coca y ron. Sí… por nuestra canción, la primera que bailamos en el congal.

> Hace tiempo que me agobia la tristeza,
> el recuerdo de su amor me hace llorar,
> me acompaña el sufrimiento
> por doquiera que yo ando
> y no puedo yo vivir sin su calor.

La vida era miserable; cuando me tomaba en sus brazos la vida era otra, una cosa brillante. Sonaba despedazándole el alma, se veía tan chulo dormido, me había dolido tanto que me arrastrara de esa forma que sin dudarlo saqué del clóset la escopeta. Disparé sobre su espalda, sobre la cabeza. Agarré mi bolsa, una chamarra, y caminé a las afueras del pueblo.

La carretera, me fui por la orilla hasta que amaneció. Me senté a esperar «raid»; nada, así que me salté para buscar un poco de agua, caminé por horas y encontré un arroyo. Pensé en mi mamá, cuando de chamaca me llevaba a lavar la ropa. Fui una niña alegre, por necesidad más que por gusto. Tarde comprendí que esos abrazos que ella se daba con mi tío y esos juegos de esconderse eran parte de la infelicidad más grande de mi madre: haberse casado con un mojado. Mi papá se fue cuando yo ni siquiera nacía, regresaba de vez en cuando, mandaba dinero. Las mujeres sacrificadas son una mierda, mueren solas en sus casas esperando a un extraño. La noche que mi padre se disparó escuché los gritos; ellos discutían, forcejeaban, mi padre lloraba.

Ella salió con su mejor vestido, él le gritaba que no nos dejara. Se fue, se perdió en la noche. Horas más tarde me despertó un sonido horrible. Corrí al cuarto, mi padre estaba sobre un charco de sangre. Salí corriendo a avisarle a mi tía Carmela, que despertó a medio pueblo con sus gritos. Fue ella la que sacó desnuda a mi madre de casa de mi tío, cuya mujer estaba en Durango con la familia. Regresamos a la casa atravesando el pueblo. Una niña flaca y llorosa de la mano de una putilla.

Durante todo el camino esa niña flaca oyó los gritos de su madre, se zafó de su mano, corrió hasta la casa de su abuela y nunca regresó. Sus muñequitas llloronas se quedaron solas, el conejo de plástico con un sombrero también, el perrito sin ojo. Aquel pizarrón que su padre le regaló se quedó solito con los dibujos de coches y playas. Habían dibujado tantas cosas, habían reído mucho; así eran los primeros días cuando su padre regresaba porque cuando se emborrachaba, le tocaban cuerazos, patadas, gritos.

La abuela: la cereza del pastel. Regañona, pegalona: «Tu madre es una puta y tú vas para allá, igualita que estas pinches puercas pecadoras». Ahí estaban, reían ante los insultos de la vieja. Curtidas, maliciosas, dentro de vestidos o falditas muy cortas, untadas, tacones altos. Pasábamos por La Costa después de misa, se me iban los ojos, la abuela me jaloneaba regañándome. Creo que jamás comprendió que las personas son eso: personas nada más. Lejos de dioses o de santos.

La abuela jamás tuvo que joderse: se casó con un hombre débil que le llevaba puros y mezcal los viernes por la noche junto con una bolsa de papel con galletas, cinco latas de sardina y dulces para sus siete hijos. Joder para no ser jodido. Nunca jodí a nadie por gusto, ni siquiera a él. Mi abuela era una de esas piedras que deseaba quitarme del camino cuando creciera. De tanto golpe e insulto uno termina creyéndose lo que los otros le dicen; eres niño, no hay salida, te aguantas, te lo tragas y más tarde lo escupes contra el que sea, da lo mismo.

Ese arroyo me devolvió la fe. Volví a la carretera y el señor de un camión de mangos me llevó hasta Galeana. Ahí tenía una tía que al verme se alegró, era hermana de mi madre. No le conté nada, ¿sobre qué le podía contar? «Tía, fíjese que me cargué a un cabrón que me tenía hasta la madre, le disparé, también lo hice porque el pueblo se ha quedado casi vacío, todos desaparecen y luego aparecen muertos.»

Pasé una semana mirando el mar, comiendo hasta atragantarme, untándome aceite de coco en el cuerpo. Ahí conocí al Espuelas, quien me ofreció trabajo en un club del puerto. Me fui con él sin dudarlo. No me ayudó gratis, otra vez las putizas, los jalones, los moretes, pero sin tragar jamás me quedé. Lo que sea, soporto lo que sea —eso lo tuve claro un día—, menos no comer.

Fueron meses buenos hasta que la primera balacera llegó. Otra vez de regreso a la nada. Entraron, dispararon; eran clientes, los reconocí. Me escondí en el baño, tuve suerte. Liliana cayó a unos metros de mí. Llegó la policía. Todavía me acuerdo de los vasitos de plástico que cubrían casi todo el piso, encerrando balas cada uno. Nos jalamos para Culiacán con los primos del Espuelas y allí estuvimos varios meses sin trabajar.

Por las noches le pregunto a las estrellas
que me digan si se acuerdan de mi amor
y no logro conseguir más soluciones
que una lánguida luz entre la oscuridad.

Todas las noches pensaba en ti. En tus manos, en tu boca. Nos queríamos a pesar tuyo y mío. Dame un momento cerca de ti, uno nada más, después quiero regresar, poner orden de una vez por todas.

—¿En quién chingaos piensas?

—Nadie, en nadie.

—¡Cálale, mija, cálale y me vas a conocer! Atrévete a dejarme, te mato.

—No te voy a dejar.

—Mireya me dijo que anoche le contaste que te vas a ir para Tamaulipas.

—Está loca, güila de a peso.

—Pos igual, ¡ira qué calote te cargas!

—Claro...

—No me des el avión.

—Estoy cansada.

—¿De no trabajar?

—Trabajo todos los días.

—Ya no aguantas, no la armas.

—Pues sácame de puta, ya no quiero putear.

—Hay que cajearse, mija, ni modo.

—No me queda de otra, no eres hombre.

—Soy lo suficientemente hombre para pasar por la cuenta con todas, si tuvieras hermana hasta con ella.

—No me queda de otra, fachadiento, no te soporto, roncas bien culero.

Me cerró la boca de un putazo. Hundió su puño en mi quijada varias veces, sentí que me desmayaba; me arrastró hasta la azotea y ahí se bajó los pantalones, me obligó. Después quiso aventarme, sentí que moría y entonces comencé a suplicar. Cuando se cansó me mordió el hombro hasta casi sangrarme, me aventó y se fue. No hice nada, sólo protegerme, arrinconarme junto al tinaco. Su hermana me despertó, subió a tender la ropa.

—¿Qué pasó?

—Me pegó.

—¿Qué le hiciste?

—Nada.

—Vete, esto no para, ¿sabes lo que le pasó a Azucena?

—Sí.

—¿Y sigues con él?

—Sí.

—Es mi hermano, no me puedo meter, te puedo ayudar con unos centavos nada más, sin pedos, hoy mismo si quieres, morra.

—¿Por qué?

—Porque sigue Mireya, ay, chula, está acostándose con ella, es normal: más joven y más caliente, ya no le interesas.

—No me voy a ir.

—Entonces no des lástima, te hubieras metido al cuarto por pura vergüenza.

—Ni por ser mujer te compadeces de mí.

—De las pendejas como tú, no.

—Más pendeja eres tú, me estoy chingando a tu marido. Te acepto el dinero.

No dijo nada, se quedó mirándome, torció la boca y dejó la canasta botada. Bajó corriendo, escuché los gritos, los golpes, los reclamos. Apenas me dio tiempo de correr a la puerta, su hermano había despertado. Seguro agarró la fusca pero no me esperé a verlo: corrí con todas mis fuerzas, me escondí en la tienda, don Camilito se compadeció de mí y me escondió detrás del refrigerador. Fue la primera vez que lloré por miedo. De ahí no paró la cosa. Luego fue esconderme en cada pueblo.

La familia del Espuelas era veneno. Me jalé para Laredo. Estuve trabajando hasta que me encontré con otro hombre que prometió llevarme hasta Tamaulipas, yo quería visitar Matamoros. En Tamaulipas conocí a la Jenny, ella me dijo que se iría al gabacho. Esa noche en el *table* cantamos aquella canción entre rones, risas y unos chicanos que pasaban por ahí.

> Dónde te has ido, mujer,
> no lograrás encontrar
> otro cariño como este.

Me amarré a ella, no la dejé. Me aferré a seguirla en esa decisión, como te dije: no sé tomar una por mí misma. La idea era cruzar y llegar a Los Ángeles, después de todo nos quitaron esa ciudad. Ella me dijo que tenía una prima lejana en San Diego, pero a mí me llamaba la otra ciudad. Rodamos de hotel en hotel, picando coca, tracas y pasándonos la vida con ron. Una noche, hartas de todo, fuimos a pedir ayuda a una casa de migrantes. Nadie nos cuestionó nada. Debo confesar que nunca había visto a un hondureño.

Esa noche detrás de los matorrales cenamos guatemaltecos, hondureños y salvadoreños. Hicimos muy poco dinero. Existe una parte de la que no recuerdo nada, fue cuando nos bajaron lo que traíamos, estábamos cerca de la vía esperando el tren cuando nos rodearon. Allá va todo, allá en las manos furiosas de unos malnacidos. La esperanza. Abrir las piernas, cerrar la boca, aguantarse los golpes, el asco, el terror.

Por fortuna nos habíamos inyectado; se rumoraba sobre las violaciones, pero eso no nos salvaría de que nos pegaran otras cosas. Lo extrañé, él no lo hubiera permitido. Cuando todo acabó nos levantamos, lloramos juntas. Buscamos ayuda. Encontramos un baño y, ya limpias, a empezar otra vez. Pudimos conseguir ropa holgada gracias a un nayarita colombiano: había nacido en Medellín pero vivió ocho años de este lado, quemándose en las playas, fumándose la vida en piedra.

—¿Adónde van?

—Al gabo. Al gabacho, pues.

—Sí, pero... ¿adónde?

—San Diego, ella a Los Ángeles.

—No pueden ir así, mucho malandro vicioso, les voy a conseguir ropa con un parcero.

—¿A cambio de qué?

—De un besito, hermana.

—Olvídalo.

—Es broma, ya regreso.

Un silencio incómodo, ¿y si volvía con otros?, ¿y si de nuevo nos atacaban? No tuve fuerzas para levantarme y pedirle a la Jenny que me siguiera. Nos quedamos esperando. El compa regresó con ropa, un plato de arroz, tortillas y una coca. «Nada más le falta Bacachá», dijo mi compañera sonriendo. Esa risa me recordó a Liliana y la última canción que bailó, ahora mi asombro al verla a unos metros como cera, toda pálida e inmóvil.

El parcero consiguió ron, nos dimos ese gusto después de perderlo todo. Fue él quien nos avisó de la hora en la que pasaba la Bestia, así le llamaban al tren. Yo no lo decidí, fue Jenny, ella quería ver el zoológico de San Diego. Le dije que mi sueño era ir a Disneylandia, no me la acabé, se burló. No me importó, lo que yo en realidad quería era buscar la estrella de Rigo en el bulevar de Hollywood, poner mi mano junto a esa estrella, aunque no sé si hay una, pero quiero poner mi mano y cantar, acordarme de ti, cantarla por los dos, dejar de escapar, sentir el sol; dicen que California es tan caliente como Acapulco.

> Ven, regresa, por favor,
> ya no quieras lastimar
> tanto más mi corazón,
> que lo tengo adolorido
> de tanto padecer.

Un segundo en aquella noche inmensa me quedé dormida: el cansancio, los golpes, el hambre, todo giraba dentro de mis ojos, los cerré. Prometí cuidar de Jenny, le prometí no soltar su mano; tengo frío, no está conmigo, no sé si la solté o ella me soltó a mí.

En un concierto.

Recién llegado al Distrito Federal, 1974.

Su matrimonio ante el juez (2 de Septiembre de 1976 en Tampico, Tamaulipas).

En casa con sus hijos María Luisa y Gibrán, 1984.

Con sus hermanos Sylvano, Marco Antonio y José Ángel.

Con sus amigos boxeadores en Estados Unidos.

Con los amigos que lo visitaban en los bailes.

Firma de autógrafos, 1981.

En una entrega de premios.

Concierto en el Estado de México.

Programa *Siempre en domingo* con Raúl Velasco.

Entrevista en *Radio variedades*.

En el noticiero *Hoy mismo* con Guillermo Ochoa.

Con el primer conjunto Costa Azul, ya en México.

Recepción del disco de oro en 1976, con Ignacio Morales, dueño de Discos Melody. Entregan Angélica María y Raúl Vale.

En un programa de televisión.

Escena de la película *El gran triunfo*, 1981.

Con el conjunto Costa Azul, 1978.

Recibiendo un premio por la exitosa venta de sus discos, 1975.

Con Pilar Pellicer. Escena de la película *Rigo es amor*, 1980.

Con Tirzo Páiz.

Con Pompín Iglesias, Manuel «el Loco» Valdés y Rafael Inclán.

Escena de la película *Rigo es amor*, 1980.

Como Rigo lo dispuso, sus cenizas se tiraron en el mar de Matamoros, Tamaulipas.

Su peculiar salto.

Quítate la máscara

Rigo is a Demon (45 rpm)
Julio Pesina

1. Yo no fue

Algo dramático tiene cada ventana alumbrada en medio de la oscuridad. Ya sea que lo crean o no, él también es humano: tiene derecho a flaquear, a caer en tentación en el momento postrero. Que ha perdonado lo de 1981, muy cierto; lo de 1979 no lo va a dejar atrás. Nunca. ¿Usted lo haría? Ja: eso mismo pensó él. Absolución imposible por siempre jamás amén. Ay, apenas lo dice y se le alborotan las dolencias añejas. La cadera, el vientre, la mano, la espalda que es una esponja una naranja un lodazal. Y ahora esto, aquí: en la garganta. Una bola del tamaño de su anillo que, por cierto, ¿dónde está? Ajá, lo que se temía. Casi puro el silencio. Desde el domingo de Pascua hay mucha gente a su lado, más callada cada vez. Ni alabanzas ni rezos. ¿Es cierto esto o es él quien ya no los oye? El traqueteo de su tráquea y nada más. Diríase un dolor maldito. O bendito si esa cosa es lo único que le impide blasfemar. Pecar nada en alta voz; sí, mucho, de pensamiento. ¿Y aquello? Bah, eso es tema del ayer. El pasado que va y viene como de un tiempo a esta parte lo hacía la mano siniestra: ingobernable, descarriada, desleal. Qué diferente aquel tiempo. Se refiere al del principio, la era del «México siempre fiel». Una frase muy buena (aun-

131

que por demás dudosa). República de espejos breves, una nación titilante. Y qué decir de Monterrey. De sus mejores recuerdos hasta que... bueno, eso. El chico de los Ray-Ban, el cantante. «No le dé tanta importancia a ese —le dijeron—, pronto se les va a olvidar.» Y nada. Ni a él ni a los mexicanos. Cargar a partir de entonces con semejante vergüenza. Acá, allá, aguantar. Distinguir en la plaza no pocos muchachitos, cabellera larga y lentes, haciendo con ambas manos la misma señal. ¿Qué diablos era eso, un llamado a la paz o un recordatorio de los cuatrocientos mil? Pero ¿cómo se atrevía? Además, ni cierto era. *Kłamca.* Es obvio que aquel invierno nadie contó la muchedumbre, el gentío, pero las imágenes no mienten. Aquel hombre, en cambio, sí: *kłamca, kłamca, kłamca.* Podría insultarlo en más de veinte idiomas, pero el polaco le sabe mejor. Además, esta habitación no aguanta más el latín. (*Pusille, sordes.*) «Rigo llenó más que el papa.» Sí, déjenlo que se ría. Es lo único que tiene gracia en esta cama. Ya lo quiere ver aquí esta noche, en Roma y no en la ciudad que sin playas y sin palmeras es tan bullanguera. A ver quién tiene más seguidores en la hora de nuestra muerte amén. Tiene confianza, fe, le han dicho que en la plaza hay unas cien mil personas. (Por ahora.) ¿Cuántos estuvieron el martes fuera de la agencia Gayosso, allá en la ciudad de México? Ah, pensamiento impropio. Le empieza a doler la cabeza. Le duele el alma también. Caray, si todo esto era agua pasada. ¿Quién comenzó tal embuste y con qué malsana idea? No lo sabe; nunca lo podrá saber. Aunque no le extrañaría que fuera publicidad. ¡Vaya! Lo que la prensa es capaz de hacer por unas cuantas monedas. Que los perdone el Señor. Mejor no, que se jodan. Y luego aquello: jugar con la primera de Juan. ¡Cuánta arrogancia la de ese señor! Se le olvidó que Dios también es luz, es verdad y es justicia. Sobre todo eso: un dios justiciero. Durante más de cinco años le dedicó una oración al ídolo de las multitudes. Noche a noche y mañana tras mañana hasta 1985. «Mal rayo lo parta, Señor.» En septiembre pensó: «Por fin he sido escuchado». (*Wreszcie już zostały wysłuchane.*) Luego reflexionó: había sido un exceso. Destrucción y muerte, estilo del padre eterno. «¡Misericordia, oh, Dios!» Sólo había pedido que aquel hombre sufriera un dolor inmenso... una humillación. Sin embargo la hecatombe. Le habían dado a manos llenas. ¿Y entonces? Volcarse de nuevo en la oración. Fueron momentos aciagos, de incertidumbre, si puede decirse. Hubo instantes en que no quiso ya ser pastor ni pescador ni nada; un hombre que reza, no más. Pero entonces era tarde, tanto rencor también había minado el cuerpo suyo. Más aún que las balas de mayo. Mejor alejarse de México, dejárselo todo al tiempo, que hoy día es el único sabio. Volver cuando sanara la herida. En las siguientes visitas pudo saber lo demás. La diabetes, las adicciones, la demencia. Lo bueno era que de todo eso el Señor no era responsable. La culpa, al parecer, era del licenciado Salinas, que también llegó a creerse Dios. Sí, daba un poquito de pena, pero se lo había ganado. En cuanto lo dijo le vino el presentimiento: una paloma en la cabeza. No el espíritu santo, una paloma porfiada, una paloma cagona y ya. Maldición. Santo cielo. Este sentimiento había ido demasiado lejos. Era urgente perdonar. *Et dimitte nobis debita nostra, sicut*

133

et nos dimittimus debitoribus nostris. Pero no. Viéndolo bien, no era tan descabellado pensar que ese hombre había hecho todo eso por fastidiarlo. A él, cuyo único acto reprochable había sido, acaso, calarse un sombrero charro. Bueno, eso y oficiar misa en Los Pinos. Ya que si lo piensa bien no pudo ser de otra manera. La envidia, el odio, la iniquidad están en el lado B. ¿Y si no, cómo podría explicarse que, habiéndolo puesto en su casa la semana pasada, dado de alta por los médicos, a ese tal Rigo se le haya ocurrido morirse el mismo día que el santo padre empezaba a agonizar? ¿Lo hizo para pisar antes que él la puerta del cielo o para demostrarle que aún podía vencerlo en cuanto al número de fans? Ese hombre no es amor. No, es un *łajdak*, un villano. Peor que eso: Rigo es el demonio mismo. Amén.

2. *Perdóneme, señorita, por ser tan así*

Algo de psíquico tiene el licenciado Villanueva. Eso yo ya lo sabía, pero no me imaginaba que a mí también me fuera a tocar. El viernes tuve que ir a su oficina —la Dirección de Planeación— a que me firmara unos papeles. Al devolvérmelos puso entre ellos una carta en la que me invitaba a un curso relámpago de control mental.

—Se nota que es usted muy receptivo, licenciado. Es un progresista, no como estos pendejos —dijo lanzando una mirada al resto de la amplia dirección.

Siempre he desconfiado de eso. Pero ¿qué podía yo hacer si me tenía en sus garras? Puse cara de circunstancia y prometí que asistiría.

Al día siguiente nos llegó el otoño. Hacía frío y llovía, aunque el sol no se quería largar. En días como esos prefiero no salir a la calle. Sin embargo, había dicho que sí y no me quedaba más que ir.

(Debo hacer un paréntesis para explicar mi comportamiento. No sé cuántos idiotas hayan hecho esto mismo, pero de niño yo competía con otros a ver quién aguantaba más tiempo mirando directamente al Sol. Invariablemente ganaba. Lo malo es que ahora no soporto la luz del día. Por órdenes del oftalmólogo debo ponerme gotas cada hora y en exteriores tengo que usar lentes negros aun cuando esté nublado, cosa que me hace sentir ridículo. Cierro paréntesis.)

El evento se realizaba en la asociación de jubilados. Llegué y casi me dio vergüenza encontrarme ahí a un compañero de la oficina y a dos secretarias de las menos guapas. El bochorno menguó cuando los vi lucir una sonrisa orgullosa, seguros de haber sido llamados por una fuerza superior. Más me relajé cuando el licenciado Villanueva me llevó a saludar a un jefe de departamento, a uno de los subdirectores y al mismísimo director administrativo quien, en palabras del propio director de planeación, es un *fregao fregón* que no puso el menor reparo cuando lo invitaron.

—Ese tipo tiene el don —me dijo Villanueva antes de ir a pronunciar su *speech*.

Que la vida le había dado una segunda oportunidad, inició hablando el licenciado quien, en efecto, está librando una batalla contra el cáncer. Que en los últimos meses había invertido mucho tiempo en meditar y en establecer contacto con sus *guías superiores* y que deseaba compartir esos conocimientos con nosotros. Que por eso había hecho traer a tres maestros para que nos instruyeran en tan solo dos días. El jefe de la trinca de sabios se hacía llamar Ángel Gabriel.

«Estamos los que debemos estar. Muchos son los llamados, pocos los elegidos.» Así se podrían resumir las palabras que nos dirigió Gabriel antes de pasar a los hechos:

Ommmmmmmmmmmm. Extender las piernas, relajar los músculos, entornar la mirada. El olor del café apenas combatía aquel ambiente tan incómodo. Nada de moverse en esas sillas rechinadoras. Contar del uno hasta el diez. Buscar algo dentro de tu cabeza. Mirar todo en color negro. «Si al menos nos hubieran evitado el cobro simbólico», era en lo único que yo podía pensar. *Ommmmmmmmmmmmmmm*. Contar esta vez del cinco al cero y abrir los ojos. Hacer como que te recuperas de cierta experiencia mística. Al final de cada ejercicio los asistentes aseguraban haber concentrado en su cerebro (y al decirlo se palpaban la frente como si los demás pudiéramos ver a través del hueso) la energía de diferentes colores: morado, rojo, rosa, blanco. Así transcurrió la primera jornada.

—El maestro Ángel Gabriel ha tenido contacto con extraterrestres —me dijo casi en secreto el licenciado Villanueva— y en uno de sus viajes astrales conoció al maestro Jesús.

Por supuesto que él no dijo *Jesús*, ellos tienen otra forma de llamarlo, aunque sin duda se refería al profeta que todos suponemos.

—Muy rápido han aprendido, hermanos míos, a manejar las distintas energías —dijo Gabriel—. Mañana, como último ejercicio, conocerán a sus maestros superiores, a sus guías cósmicos, a sus modelos astrales.

Casi me puse a temblar.

Que sus maestros cósmicos eran tres —eso había dicho Ángel Gabriel—: el poeta Homero, el maestro Saint Germain y un gurú chino de nombre impronunciable. Lo dijo de tal manera que yo lo pensé bastante antes de volver al día siguiente. Llegué tarde a propósito y para entonces ya habían efectuado un ejercicio, digamos «de calentamiento».

—Ahora sí están ustedes listos para entrevistarse con sus guías superiores. *Ommmmmm.*

Lo que siguió fue relajarse otra vez, entornar la mirada, poner la mente en blanco, luego en morado, después pasar al verde y al azul y al resto de los colores. «Construyan en su memoria un santuario de una sola puerta que se abrirá hacia abajo.»

Yo intenté —lo juro— poner en práctica sus instrucciones, efectuar aquellas maniobras en mi mente. Pero por más que lo deseaba la puerta que yo construí se abría hacia el otro lado. ¿Puede uno hacerle trampa a su imaginación? Quise levantar la mano, pedir un poco de ayuda, una prórroga, tiempo fuera...

«Ahora, abran esa puerta para que pase el primero de sus maestros... saluden así y asá... dejen que él se presente...»

Para cuando me di cuenta el ejercicio había concluido.

«¡Excitante!», dijo uno. Otros se habían conmovido. Vi asomar las lágrimas en algunos. Alguien confesó que había conocido a sus maestros y que uno de estos era su abuelo materno, muerto décadas atrás; una mujer de no muy malos bigotes reconoció en uno de sus guías a un antiguo vecino de sus juventudes; otro más mencionó a un chamán de no sé cuál tribu y alguien se atrevió a decir que había hablado con Jesucristo. «El maestro Jesucristo», dijo.

Para qué voy a decir que no vi nada. En mi mente, durante ese ejercicio, se dibujó una silueta. Un hombre de cabello largo, remiso a cada instrucción. No lo reconocí, no me habló. Puedo jurar que ni me vio. ¿Cómo, si estaba dentro de mi cabeza, carajo? Sin embargo, también yo debía describir en la sesión plenaria a mis maestros superiores, aquellos con los que a partir de entonces debía mantener contacto, acudir a ellos a través de la meditación, pedirles consejo, anticiparme al futuro.

—Conocí a uno de mis maestros superiores —dije con falsa alegría—: se trata de Rigo Tovar.

Ángel Gabriel me miró desconcertado. «¿A uno solo?», preguntó. Mi compañero de la oficina, por su parte, me lanzó una mirada de envidia. Él se entrevistó con Shakespeare, pero nada le entendió porque únicamente habla español. Pobre. La menos agraciada de las secres dijo: «Ay, tan guapo con sus lentes negros. Igualito a usted, licenciado». El director administrativo lamentó que no le hubiese pedido un autógrafo. El director Villanueva me aconsejó:

—No sea güey, licenciado. En la próxima pida que le dicte una canción.

3. El músico rechiflado

Algo nostálgico tiene cada 15 de septiembre. En 1985 el centro cultural estaba en construcción. Mi tío Martín, velador de la obra, me había llevado a admirar el espectáculo desde la azotea, donde estaba comisionado para encender los fuegos artificiales. A mí nunca me han gustado esas fiestas, pero el tío me convenció diciendo que el baile de esa noche estaría a cargo de Rigo Tovar.

Debido a las remodelaciones la plaza estaba casi a oscuras y los jardines llenos de zanjas, por todos lados había rejas y letreros que prohibían el paso. A medida que avanzó la noche la plaza fue abarrotándose. No podría decir cuántas, pero eran muchísimas personas. La muchedumbre terminó perdiéndole el respeto primero a vallados y letreros; después, a las estatuas de los héroes. Se cumplían entonces ciento setenta y cinco años del grito de Dolores; el gobernador había mandado colocar estatuas de Hidalgo, Allende, Aldama y Jiménez en las esquinas de la plaza principal. Ahí la gente se fue apostando sin que la policía pudiera impedirlo. Los eventos multitudinarios tienen una particularidad: el gentío termina comportándose como un individuo acéfalo, carente de conciencia. Unos minutos después, las estatuas, que eran de oropel, terminaron vencidas, engarruñadas, luciendo posturas nada elegantes bajo el peso del pueblo. Contemplar el panorama desde la azotea era igual que asomarse a un microscopio. Y así como en los viejos aparatos de mi escuela solían desdibujarse los especímenes en el momento menos indicado, de vez en cuando esa noche desaparecían, como succionados por el suelo, parejas de enamorados, vendedores de glo-

139

bos, padres con criaturas en hombros, señoras con be-
bés en brazos, hombres, niños y mujeres que caminaban
mirando a todos lados excepto adonde había una fosa
que llevaría agua, luz o drenaje al edificio de enfrente.

Alrededor de las once, entre serpentinas y confeti,
en el balcón de palacio apareció el gobernador. Vestía, a
la usanza de las fiestas patrias, la vestimenta tradicional en color miel.

«Mi padre trabajó en la construcción de ese edificio,
¿sabías eso?», preguntó con voz rasposa el tío Martín.
Encendió un Fiesta suavecito y empezó a fumárselo.
«Donde hay sabor hay fiesta», pensé. Me aguanté las
ganas de pedirle un toque: esa era la marca preferi-
da del abuelo. Y yo fui quien se los encendió hasta su
muerte, ocurrida unos meses atrás.

Por supuesto que lo sabía. Se lo había escuchado al abuelo mismo. En aquel tiempo había muy pocos albañiles, así que vinieron de todos lados a construir el palacio de gobierno y el penal. El maestro de
cuchara completa era don Florencio Orozco, un viejo
alto y correoso, de mirada y voz lampiñas, más expe-
rimentado en el manejo de la botella que en ningún
otro oficio. Una mañana de junio, a la hora del almuer-
zo, en vez de jalar el cable de subida en un andamio
corredizo, tiró de la cuerda contraria y se fue, entre la-
drillos y arena y pedazos de madera, a estrellar en la
escalinata de la planta baja. La cruz de cal y las vela-
doras estuvieron ahí encendidas hasta un día antes de
la inauguración.

«Mi padre trabajó en la construcción del palacio
de gobierno y yo, en cambio, soy el velador del edificio de enfrente», escuché de nuevo al tío, pero esta

vez más y más lejos, como si se estuviera yendo por un túnel. Allá abajo, en contraparte, resonaba cada vez más la voz de un pueblo que, lejos de responder a las arengas del gobernador, pedía a gritos que salieran ya los músicos.

«¡Viva México!», gritó el mandatario repetidamente. Trastabilló al intentar una maniobra que se volvió difícil por la embriaguez que traía: ondear la bandera y al mismo tiempo tirar de una cuerda que se alargaba hasta el punto más alto del Palacio, ahí donde la réplica de la campana de Dolores se conservaba muda.

«¡Viva México!», volvió a escucharse, pero ya no era la voz del mandatario sino la de un locutor que intentaba salvar la fiesta nacional. En vez del viva correspondiente se produjo una ola de silbidos y mentadas de madre. Una cosa llevó a la otra. De algún punto salió volando, como un misil, un olote al que no le fue difícil atinar en cualquier lado. El barullo se contuvo al sonar las primeras campanadas que salían de catedral, en otra intentona estéril por salvar la situación. Esto aguijoneó al respetable. Sobrevino el acabose. La gritería, el alboroto, los codazos y los proyectiles, el gentío arremolinándose en un rincón sin salidas. Alguien, un nuevo héroe, hizo repicar la campana. Talán... talán... la hazaña de un anónimo martillo mientras el gobernador seguía hecho un lío con la bandera y la cuerda.

Fue la señal, el momento, pero el tío seguía inmóvil, concentrado en la silueta que allá enfrente cacheteaba la campana. El radio que portaba al cinto le gritó una y otra vez que encendiera las mechas ya. Él, sin embargo, seguía hablando sin que se le oyera nada. En sus labios leí que murmuraba: «Oh, qué gusto de volverte a ver». Empecé a dudar de sus cigarros. Tronaron cohetones en la catedral, en el casino y en la sede del gobierno. Se consumió el castillo y su arandela de fuego fue a perderse en las alturas. Volvió a la plaza el contento, la paz, las aclamaciones a cada nuevo estruendo y a cada llovizna de luz. La gente volvió a corear el nombre del cantante. Una sola palabra, un grito, auténticamente nacional, inundando el centro histórico. Reaccionó finalmente el tío, y entonces empezaron los fuegos desde nuestra azotea, una combinación de bombas y cascadas luminosas que tenía que haber salido con el *Huapango* de Moncayo, pero terminó acompañando a *La sirenita*.

Se habían ido por fin las autoridades, estaba empezando el cumbión. El artista no se había puesto el traje típico. Traía, en cambio, un traje negro con una capa que le llegaba a las corvas. Pensé en un héroe. Un semidiós, ni más ni menos. ¡Jejepa! Él solito había logrado evitar un cataclismo. Ojalá esto hubiera sido cierto, así no habría tenido que sufrir lo de Tehuantepec 12 tres días después ni maldecir el resto de su vida la canción de Chico Che. Las dos horas que duró el concierto se fueron como un silbido. La gente, en cambio, no quiso irse aun cuando ya se habían apagado las luces.

Dos hombres subieron a la azotea y estuvieron largo rato con el tío Martín. No supe lo que dijeron pero los vi manotear. Y al tío lo vi otra vez moviendo la boca sin que se le oyera nada.

Al rato regresó, completa, la calma. Nos quedamos por fin solos.

—Prométeme que no se lo vas a contar a nadie —suplicó.

Lo habría cumplido si luego no me hubiera enterado de que aquella noche Rigo Tovar había estado muy lejos de nuestra plaza.

4. *Mi amigo, mi esposa, mi amante*

Algo trágico tenían las fiestas de la Buena Vista que siempre terminaban mal. Un pleito, un desmayo, un destripado, un simple cortocircuito que nos dejaba sin luz y sin baile, una chispita que nos dejaba sin todo lo demás.

No éramos los ricos de la cuadra, pero sí los únicos que teníamos televisión y tocadiscos portátiles, de modo que, llegada la ocasión, ya nadie tenía que visitar a los Saldívar y pedirles prestada la consola. Quienes aún preferían esa opción debían quitarse los zapatos en la entrada y subir una escalera para cargar el armatoste cuidándose de no estropear la alfombra. Los señores Saldívar eran los únicos realmente pudientes de la colonia; su casa, de dos plantas, estaba separada de las demás: abarcaba una pequeña manzana. La familia vivía en el segundo piso mientras la planta baja era una bonetería.

Al arrancar los años ochenta mis primas se hicieron señoritas. Una a la vez. (No viene al caso decirlo, pero esa condición les duraba poco.) La crisis no nos impedía celebrar esos acontecimientos, todo era cuestión de hacer una lista larga de voluntarios entre los que se repartiría el dispendio. Aparte nuestras quinceañeras eran más bien modestas. A mis papás les tocaba poner la música y los pétalos de rosa, que invariablemente cargaba mi hermana, tan afecta a los caireles y a los vestidos de holán.

Mi mamá habría dicho que el tocadiscos era verde jaspeado. Desde su mostrador, doña Saldívar no se cansaba de explicarnos, cada que le pedíamos un cierre o un botón en algún tono subido, que ciertos colores no existen. «¿Subido hasta dónde, carajo?» Y se negaba a venderlos si no los pedíamos de manera adecuada. Siguiendo su lógica diré que el aparato tenía combinados los tonos claro y oscuro.

(Iba a describirles el tocadiscos diciendo que, cuando estaba cerrado, era la imagen misma de una máquina de escribir, con la diferencia de que en vez de teclas tenía una fila de botones. Pero como ya ni las máquinas de escribir existen, pues mejor no.)

Mi madre organizaba los discos por género: románticas, rancheras, rocanrol y tropicales. Estos últimos eran los de las pachangas: Xavier Passos, Rigo Tovar, Religión, Socios del Ritmo, Tropical del Bravo, Tropical Sundín, Norteñitos del Control, Renacimiento 74, Acapulco Tropical... También Max, mi hermano, que debía ir en secundaria (aunque no iba), tenía su propia colección. En ella predominaban los elepés de éxitos, de esos cuyas portadas no traían fotos de cantantes sino de muchachas muy parecidas a las princesas que salían en la *Alarma!*: pechos y caderas grandes, cintura breve, piernas redondas y calzoncitos de *crochet* semejantes a los tejidos que adornaban la consola de los Saldívar. Su preferido era *Los éxitos del Costa Azul*.

Ponerlos era divertido hasta cierto punto. Tomar la esponjita y pasarla por el círculo negro como en una pista olímpica, rascar un poco la aguja antes de colocarla en la línea —ras ras ras ras— y ponerle encima uno o dos quintos para evitar cualquier interrupción a mitad del guapacheo. Dejar que sonara, que las parejas, ahí bajo los carrizos, retomaran el ritmo suspendido segundos antes; que volviera a escurrir el sudor en las camisas de ellos, abiertas hasta la barriga, y en los tirantes de las damas; que los holanes de la quinceañera, deshilachados, barrieran el polvo eufórico del patio familiar; que los tocados se enredaran en las guirnaldas, hechas de papel y popotes, que ya empezaban a desprenderse de la enramada. Era divertido hasta que te calaba sed.

En mi casa únicamente los grandes podían beberse un refresco entero. Mis hermanos y yo nos repartíamos de una coca o un escuís, que en ese tiempo se llamaba Squeeze. Era complicado porque a Max le gustaba el de hierro, a mi hermana el de fresa y a mí el de manzana. Dimos gracias al cielo cuando él creció y ya no tuvimos que probar más esa cosa que no se decidía por ser una bebida de raíz o un raspado de vainilla.

Es cierto que en esta ciudad la canícula se fue de julio a septiembre, pero en aquella época también hacía un calorón atroz. Imposible saciarse con las coquitas que acostumbraban darnos en las fiestas. Ni para qué ir adonde las bateas aún tenían unos cuantos refrescos sumergidos en hielo. Mejor visitar las mesas abandonadas, escurrir los residuos de las botellas normales en una de las pequeñas: llenarla poquito a poco. Saborear ese licor que te estrujaba el cogote. ¿Cuánto duraba el lado A? ¿Un cuarto de hora? Suficiente para

145

completar esa tarea y recorrer el perímetro del baile tirando de los popotes antes de volver al tocadiscos y poner la aguja en el primer surco.

Ni siquiera se daban cuenta de que tenían largo rato bailando las mismas canciones: *Mi Matamoros querido*, *Paloma mensajera*, *Cómo será la mujer*, *Allá en mi pueblo*, *Carta del recuerdo*. Un solo lado del mismo disco. En eso llevaba ventaja la consola de los Saldívar, que podía tocar hasta tres.

Mi hermano bailaba las cumbias de un modo particular. El paso se lo había aprendido a Tonia, una muchacha que fue su esposa por unos cuantos días. Esa, que era su venganza, lo hizo muy popular. Pero lo que llamó la atención en una de esas fiestas no fue la coreografía (lamentable, por más detalles), sino con quién la bailaba.

«Ah, estos muchachos. Les encanta bromear», dijo mi madre cuando le hicieron ver que la bailadora de Max tenía el casquete corto, chaleco y una camisa vaquera. «Despecho», dijo papá, cuando advirtieron que bajo la camisa había una falda de verdad. Le explicó a mi madre el riesgo: a ese muchacho no se le había pasado el coraje por lo de Tonia. Cualquier cosa podía pasar.

Lo que pasó entonces fue que los Saldívar metieron su cuchara. La doña dijo: «Maxito anda bailando con un marimacho»; el don se metió al barullo y le recordó a mi hermano que esa era una fiesta familiar. Luego remató: «No es lugar para joterías».

«¿A quién le está diciendo joto?», le preguntó Max. Saldívar se quedó muy serio, como si él también se lo preguntara. Luego decidió que el joto era la mucha-

146

cha. «Caramba, Max, ¿no te has dado cuenta de que estás abrazando a un puto?»

Vaya que mi hermano se merecía el refresco entero. Y claro que mamá no mentía cuando hablaba del hierro y sus bondades, porque lo siguiente fue deveras asombroso. ¡Fierro, fierro, fierro! Puro fierro machín en las orejas de don Saldívar, fierro bañado que le desigualó la cara y lo puso de nalgas en el suelo polvoroso. «Usted dice otra palabra de mi esposa y yo le parto su madre.»

Entonces intervinieron mis padres. Que si se había vuelto loco, qué rayos estaba pensando. No seas atrabancado. Estás borracho. Primero te cuelgo de esa enramada. No sabes lo que dices. Me vas a matar de pura vergüenza. No se referían a lo del señor Saldívar, sino a lo de nuestra nueva parienta. En el ambiente sonaba *Cómo será la mujer*.

«Es el amor de mi vida —dijo Max con acento engolado—. Si no la aceptan, me voy.» Acto seguido, se fue llevándose el disco. Le encantaba la venganza.

Ese matrimonio de Max no duró más que el anterior. Días después volvió a casa, aunque sin el elepé. Quién sabe si se daría cuenta de que su disco favorito no estaba firmado por Rigo Tovar, sino por un tal Rico y su Tropiazul.

Dejarlos a todos contentos

Rigo fue amor
Pepe Rojo

«esas sí son canciones»
Comentario electrónico sobre
una canción de Rigo Tovar

Desde que me encargaron este texto, mi obsesión con Rigo se está haciendo problemática. Me encuentro gente en la calle y sólo puedo pensar: «Oh, qué gusto de volverte a ver». Creo que a algunos hasta se los he dicho. A mi pareja la saludo diciendo: «Mi amiga, mi esposa, mi amante». La empezaré a presentar así.

Cada vez que pongo mi *playlist* de Rigo, mis hijos me voltean a ver con cara de hartazgo. «¿Cuándo vas a acabar ese trabajo?», me preguntan, molestos y hasta avergonzados.

Ingratos, no saben de lo que hablan. Ya tendrán un pasado del cual no apenarse.

«dicen que recordar es volver a vivir»
Comentario electrónico sobre
una canción de Rigo Tovar

Aclaro: no confío en mi memoria.

Pero recuerdo la preocupación que provocó en mi casa que Rigo se estuviera quedando ciego. Pobrecito, decían. Buscaban moralejas. Que si nadie puede tener todo. Que si el éxito no era lo importante, sino la sa-

151

lud. Que qué desgracia. Que por eso los lentes oscuros. Todos estábamos muy consternados.

Y aquí es donde mi memoria me empieza a jugar sucio. Yo podría jurar que el mismísimo Guillermo Ochoa (el conductor de televisión, y no el portero de la selección nacional) denunció públicamente en *Hoy mismo*, el programa de variedades que acaparaba la conciencia matutina de todo el país, que la ceguera de Rigo era sólo un *stunt* publicitario.

Por supuesto, en mi casa estaban indignados. Que qué desfachatez. Que hay cosas con las que no se juega. Que qué sangre fría. Que qué manera de engañar a su público tan fiel.

Aprendí a admirar secretamente a Rigo. Se trataba de ganar dinero, ¿no? Se trataba del espectáculo. Televisa había mantenido en vilo el corazón de un país con la historia de la ceguera... ¿qué importaba si realmente era verdad? *Ratings* son *ratings*. La ceguera de Rigo era una denuncia dentro del propio sistema; alguien entendía cuáles eran las reglas. Al fin y al cabo, la televisión es un medio para provocar sentimientos artificiales, para confundir la realidad. Rigo jugaba el juego como un maestro.

Ahora, no encuentro ningún dato que sostenga mi memoria de la denuncia de Memo Ochoa. Ni un video, ni un texto. Nada. Rigo fue perdiendo la vista progresivamente, dicen todas las fuentes. Mi pinche memoria. Es como cuando lo acusaron de haberse comido a su amante hasta que apareció la falsamente victimada sirenita para contar la verdad.

Perdóname, Rigo, por dudar tantos años de ti.

«el amor es ciego, igual que Rigo»
Comentario electrónico sobre
una canción de Rigo Tovar

A Rigo se le habla de tú. No hay de otra. La gente iba a ver a Rigo. Su presencia era algo cotidiano. Te platicaba en la tele y oías sus canciones en la calle. La relación con él es de familiaridad. Sus humildes inicios eran de todos conocidos y hasta evidentes en la manera que se desempeñaba en sus apariciones públicas. En los conciertos, incluso se presentaba al respetable público como «su servilleta, el inolvidable Rigo Tovar».

Esa familiaridad se convierte fácilmente en intimidad. Rigo era un *poster boy* mexicano. Las mujeres lo adoraban. Provocó humedades, oníricas y reales. Ahí lo vemos, en pósters gigantes sin camisa, con el pelo mojado, mirando, desde sus fotografías, directamente a los ojos, con intenciones lúbricas y seductoras. *Perdóname mi amor por ser tan guapo* es una declaración de principios. Rigo creía en Rigo. Era, y se comportaba como un galán.

Nunca me lo he podido explicar. A mi nomás no me gusta.

«con ese tema me enamoré por primera vez»
Comentario electrónico sobre
una canción de Rigo Tovar

Rigo desbordaba amor. Por todos lados. Es más; no hacía otra cosa. Lo de «Rigo es amor» no es chiste, ni

153

vacilada. Rigo no tenía otro tema, no hablaba más que de las múltiples formas del amor, el malo, el bueno, el triste, el amor a la tierra, a la pachanga, a la madre, a las otras especies. Canciones despechadas, azotadas, melancólicas, cínicas, cachondas, bailadoras, sexis, felices, desmadrosas, nostálgicas, sabrosas. Pero todas del amor y sus figuras.

El impacto de su música es incuantificable: ¿A cuántos no les facilitó el amor? ¿Cuántos orgasmos en este país no tuvieron *soundtrack* de Rigo? ¿A cuántos no les acompañó sus desilusiones? ¿Sus lejanías, sus tragos amargos? ¿A cuántos no hizo gozar? ¿Cómo se agradece eso?

Sólo he encontrado una canción de Rigo que no trata de amor: *En las estepas del Asia Central*, un instrumental ideal para hacer el *hustle*. Se lo digo a mi pareja y trato de parecer más inteligente diciéndole que quizás es porque Rigo no canta.

—Eso —me contesta—, o porque no entiendes qué son las estepas del Asia Central.

Ese comentario me provoca un insomnio de tres horas.

«así es la sabrosura en México»
Comentario electrónico sobre
una canción de Rigo Tovar

No es la primera vez que discutimos sobre el significado de las canciones de Rigo. *La sirenita*, por ejemplo, ocupó varias tardes de nuestra vida. Hay algo inquietante en esa obra maestra de la literatura fantástica en México. Se resiste radicalmente al análisis. ¿De qué chingados se trata?, ¿de que Rigo encontró una sirena y la embarazó? ¿Cómo tuvieron sexo? ¿Por qué no la encontraban y la dieron por muerta? ¿Qué estaba haciendo la sirena y dónde estaba el sirenito? ¿Y por qué pensaron los soldados tiburones que Rigo se la había comido?

Pero sobre todo: el sirenito. ¿Qué onda con eso? ¿Cómo lo explicas? Más allá de la transgresión zoofílica, ¿qué quiere decir exactamente? Llegamos a la conclusión de que nada, no quiere decir nada. Es lo que es. Había que leerla radicalmente. Así que le pedimos a un amigo que nos buscara una foto, la escaneamos y la imprimimos en nuestro fanzine, junto a la letra completa. Es más, se las enseño:

Alguna vez una especialista en literatura decía que la gente seguía leyendo *La metamorfosis* de Kafka pensando que era una metáfora, cuando lo interesante es que el personaje de Kafka era, literalmente, un insecto. Ni lo representaba, ni lo insinuaba. Lo era.

Si Gregorio Samsa amaneció cucaracha, Rigo Tovar engendró un sirenito.

Y ya que estamos hablando de reproducción: más allá del doble de Rigo Tovar, de Rigo Tovar *junior* y de los múltiples Costa Azules (todos ellos «el original»), Rigo es único e inimitable. No hay otro como él. Es más, se podría decir (Rigo lo decía) que con él nace el género grupero y la cultura de este país se empieza a mudar al norte y a vestirse con traje posnacional. Inventa a Matamoros en el imaginario colectivo de México. Su vida de migrante le permite echar en bolsa la experiencia de la música de masas gringa, su primer disco lo hace en Houston. Hace del sintetizador un instrumento común en la música popular mexicana. Inventa casi de la nada los conciertos masivos, equipa el primer autobús grupero (con hidráulicos que elevaban una puerta trasera en el autobús y que lo metían poco a poco, mientras se despedía del público). Levantó una industria alrededor de su nombre y figura.

Su impacto visual e icónico muestra un olfato particular. Era un *glam rocker* tropical, disfrazado de gala *technicolor*, lo que facilitó su conversión al disco. Pasaba de vaquero a guapachoso como si nada. Diseñaba el vestuario de su Costa Azul. La portada de *Rigo '81* lo muestra con un casco de astronauta.

Era de otro planeta.

«este vato se pasó de sabor»
Comentario electrónico sobre
una canción de Rigo Tovar

También era un genio para las melodías. Sus mejores canciones son chicles. Se te pegan al alma, aunque no te gusten, aunque estén repinches. Permanecen en tu cabeza toda la vida. Aunque principalmente tropical (norteño, pero tropical, no en balde Matamoros está tan cerca del mar), le pega con igual gusto a la cumbia, la balada, la música disco, el mariachi, el *rock 'n' roll* y hasta tiene episodios psicodélicos. Su rango de géneros es impresionante. Dirigía oralmente todos los instrumentos a la hora de componer las canciones. Su voz nasal y ligeramente desafinada lo hace reconocible todavía.

El solo de órgano de *Mi Matamoros querido* es un clásico de la música contemporánea mexicana, completamente delirante para la época, más cercano a The Doors pero en cumbia. Sólo el *cover* instrumental de Sonidero Travesura le hace justicia, pues logra llevárselo aún más lejos. Mi favorita, en términos de intensidad, es «Aún la sigo esperando», que no tiene igual, sobre todo sus versiones en vivo.

Como *frontman*, daba clases, sin perder su estilo. Platicaba con el público en los puentes instrumentales de sus canciones (muy en onda con su disco *Rigo Tovar: sublime y bohemio*). Se bajaba los lentes mirando al público en el coro de «Oh, qué gusto de volverte a ver». Se roba el peinado de Morrison y toca la guitarra por detrás de la cabeza como Hendrix. Su famoso brinquito se anticipaba al de David Lee Roth. Decía «Yo no fui» antes que Bart Simpson. Además, hacía el *moonwalk* antes de Michael Jackson (y en la red, algún sabio dice que el Piporro lo hacía mucho antes; otro, aún más sabio, dice que en realidad el paso lo inventó Marcel Marceau; y si nos seguimos así, llegamos al paleolítico; ya ven por qué no confío en mi memoria).

«no cabe duda, no necesitó estudiar»
Comentario electrónico sobre
una canción de Rigo Tovar

No, efectivamente. No lo necesitó.

Y no puedo evitar pensar en su Tamaulipas hoy en día, y en la pobreza, y en la violencia, y en todas esas gentes que no necesitaron estudiar. En todos esos *self-made men* con cuernos de chivo. En el sueño mexicano. En que en los años setenta, en México, el pelo largo lo traían los *hippies*, los alborotadores, los comunistas y Rigo, que sólo cantaba sobre el amor. En que se puede ser un innovador radicalmente conservador.

Y quizá por eso, Rigo es muy mexicano. O México es muy Rigo.

Cualquiera de los dos.

«esta cansion me gusta porque alguien yego a mi cuando mas mal estava» [*sic*]
Comentario electrónico sobre una
canción de Rigo Tovar

Admitámoslo también: Rigo es avatar de la naquez. Justo cuando Luis de Alba popularizó el término, Rigo era grande, y tenía ese gusto poco educado pero muy vistoso del que la clase media alta de México se trataba de librar para esconder su cercanía a la pobreza y la falta de educación. Sus canciones, salvo contadas excepciones, son un manojo de lugares comunes. Hemos sido atormentados durante años en diversas bodas, quince años, bautizos y comuniones con ese sonido agudo del sintetizador que Rigo popularizó. Había un exceso en todo lo que hacía. Presumía en la tele su Rolls-Royce, diciendo que era «un trofeo que me ha regalado la vida, mi público, mi pueblo y los medios de comunicación». Sí, Rigo es naco. Pero era un genio del mal gusto. Nadie lo hacía como él.

> «no mames rigo yo ya me quisiera morir en esta actualidad ya nada es igual tu fuiste y serás un icono» [*sic*]
>
> Comentario electrónico sobre una canción de Rigo Tovar

Pero por suerte, hoy es *cool* tener mal gusto. Ser naco puede ser el colmo de la sofisticación. Ustedes saben: naco es chido. Es una política de identidad. Es una forma de irónica de lidiar con una tradición cultural y económica, con la polaridad de las clases sociales en México. Y quizá por eso le han pedido escribir estos textos a un bonche de intelectuales, alejados de las connotaciones de su época porque vivimos a Rigo antes de desarrollar un aparato crítico, cuando éramos niños. En su momento, nadie en la academia (ni en las clases sociales altas) se dignaba a voltear hacia

159

Rigo. Hay un vacío de textos sobre el fenómeno; simplemente no pasó por las plumas de los intelectuales de su momento, el trabajo de investigación es de las revistas como *Notitas Musicales*. Ni siquiera cuando en Monterrey su público superó en número al del papa (cuatrocientos mil con Rigo, trescientos cincuenta mil para la misa del papa). Oídos sordos. Eso me preocupa. ¿De qué nos estamos perdiendo ahorita? ¿De qué vergüenza nuestra escribirán elogiosamente nuestros hijos?

Quizás el documento más importante es el documental *Rigo, una confesión total*, de Víctor Vio. Además de eso: silencio.

Claro que, a la hora de la hora, ¿quién necesita un aparato crítico cuando vende treinta millones de discos y tiene quinientos clubs de fans?

«saludos a la raza que estan allá todavía y los que radican en EU, para el chulo, el chonas, la chica, la india, el balimbas, el negro, panquis, la tintina, los cuates murillo y cano» [*sic*]

Comentario electrónico sobre
una canción de Rigo Tovar

Rigo le dio voz, identidad y una manera de gozar a millones de mexicanos, en ambos lados de la frontera, que no la tenían. Y si no me creen, pregúntenle al Chulo, el Chonas, la Chica, la India, el Balimbas, el Negro, Panquis, la Tintina, los cuates Murillo y Cano. Ellos seguramente les podrán explicar mejor que yo.

160

«...con un nudo en la garganta, no mames, no tengo palabras»

Comentario electrónico sobre una canción de Rigo Tovar

Pero Rigo sí las tenía. Su canción más triste es *Todo por ti*. En ella, el narrador sueña a su madre muerta pero no la alcanza. Se entera de que pedía de comer de casa en casa y que dormía en la iglesia. Una vecina le da al narrador una carta que le dejó su madre, en donde le pide que cuide a sus hijos, «para que no te abandonen como tú me hiciste a mí». Auch. ¿Cuántos se apuntan?

La canción es tan pero tan sensiblera que o te repele inmediatamente o te conmueve hasta la médula. Así es este asunto de Rigo. Yo paso de un lado a otro constantemente.

Este vaivén le tocó también a Rigo. Dicen que después de la muerte de su hermano y representante, Everardo Tovar, en el temblor de 85, Rigo cambió. Dicen que se puso delirante. Que le entró con ganas a la coca. Que se puso paranoico. Hay una entrevista en TV Azteca en el que el conductor del programa tiene que interrumpir a Rigo, que decía «Me despido en nombre del papa y los presidentes de Francia, España...» y se seguía, mencionado incluso a Michael Jackson. Dicen que decía «que la coca pura no hace daño», que estaba seguro de que «todos lo querían estafar». En una nota televisiva, en menos de un minuto, lo diagnostican con «desorden mental provocado por las drogas»,

161

«*delirium tremens*», «esquizofrenia» y «paranoia». Los buitres se dieron vuelo con el pobre Rigo. Nadie dijo que era fácil ser él.

«pinche Rigo, te extrañamos un chingo»
Comentario electrónico sobre
una canción de Rigo Tovar

A las pocas semanas de su muerte, me encuentro con una bolsa de mercado, obra de Alfredo Araujo. Llevo años tratando de que me haga una igual. Como no lo ha hecho y en plan de venganza, le robo la idea para título de este texto. En la bolsa hay un *stencil* con el rostro de Rigo, y la imagen sirve como palabra. Abajo, un texto: FUE AMOR.

Rigo fue amor. Claro que sí.

Los autores

BETTO ARCOS

(Xalapa, Veracruz, 1962) Periodista de radio, locutor y promotor de música, desde 1997 es creador y conductor del programa *Global Village* de la emisora KPFK 90.7 FM en Los Ángeles, California. Durante cinco años fue *co-manager* de la cantante Lila Downs y, en dos ocasiones, coordinador del componente musical del curso «La religión en la imaginación latinoamericana» en la Universidad de Harvard. Actualmente su trabajo se enfoca en el periodismo radiofónico en dos cadenas estadounidenses; produce reportajes y reseñas de música para National Public Radio y el programa *The World* para la BBC y Public Radio International.

JUAN CARLOS BAUTISTA

(Tonalá, Chiapas, 1964) Narrador y poeta, es autor de los poemarios *Lenguas en erección*, *Cantar del Marrakech* y *Bestial*, del libro de aforismos *Aluvión de pensamientos inútiles y sublimes* y de la novela *Paso del macho*.

BENERVA!

(Benjamín R. Moreno y Minerva Reynosa) Es un colectivo de experimentación textual, visual y tecnológica. Ambos cuentan con más de ocho libros de poesía y ficción, además de premios, becas, exposiciones y presentaciones en México, Estados Unidos, España, Marruecos, Alemania y Rusia. Mantienen el sitio www.benerva.tumblr.com

165

ELDA L. CANTÚ

(Reynosa, Tamaulipas, 1979) Es editora adjunta de la revista peruana de periodismo narrativo *Etiqueta Negra* y editora fundadora de *Etiqueta Verde*, su versión sustentable. Enseña política internacional en la Universidad ESAN de Perú, donde reside actualmente. Hasta diciembre de 2010 fue directora del Departamento de Humanidades y Ciencias Sociales del ITESM, Campus Santa Catarina. Ha colaborado con *El Malpensante*, *Etiqueta Negra*, *Radio Ambulante* y *N+1*.

CARLOS DEL CASTILLO

(Tampico, Tamaulipas, 1989) Ha sido ganador del Premio Regional de Poesía Carmen Alardín 2011 y becario del PECDA en 2012, año en que publicó *El libro que no he escrito*. @delcastilloRo

LEONARDO DA JANDRA

(Chiapas, 1951) Es filósofo y narrador. Ha escrito más de una veintena de libros, entre los que destacan: la Trilogía de la Costa *(Huatulqueños, Samahua y La almadraba)*, *Entrecruzamientos* y los ensayos *La gramática del tiempo* y *La mexicanidad: fiesta y rito*. El próximo junio se publicará su libro de aforismos titulado *Mínimas*.

EDUARDO DE GORTARI

(Ciudad de México, 1988) Es autor de los poemarios *Singles //05/08//* (RDLPS, 2008) y *La radio en el pecho* (Fondo Estatal para la Cultura y las Artes de Tamaulipas, 2010). Ha colaborado en las revistas *Tierra Adentro*, *Luvina*, *Lenguaraz*, *Punto de Partida* y *Li-*

teral, entre otras. Estudia lengua y literatura hispánicas en la Universidad Nacional Autónoma de México. Actualmente es becario del Fondo Nacional para la Cultura y las Artes (Fonca).

YURI HERRERA

(Actopan, Hidalgo, 1970) En 2004 publicó *Trabajos del reino* bajo el sello Tierra Adentro. Esta novela (ahora publicada por editorial Periférica) le valió el Premio Otras Voces, Otros Ámbitos a la mejor novela publicada en España en 2008. En 2007 publicó el libro para niños *¡Este es mi nahual!* y en 2012 el relato infantil *Los ojos de Lía*. También en 2009 publicó *Señales que precederán al fin del mundo*, que en 2011 fue finalista del Premio Rómulo Gallegos. Su novela más reciente es *La transmigración de los cuerpos* (2013). Fue además editor fundador de la revista literaria *El perro*.

SUSANA IGLESIAS

(Ciudad de México, Centro Histórico, 1978) Fue ganadora del Premio Aura Estrada 2009. Ha aparecido en la antología *Premio Charles Bukowski. El despojo soy yo* (2004), así como en *Dulces batallas que nos animan la noche*, antología del Encuentro Nacional de Letras Independientes (Michoacán, 2010). Es colaboradora en las revistas *Domus, Revés, El Puro Cuento, Los Bastardos de la Uva* y *Yagular*.

ALISMA DE LEÓN

(Reynosa, Tamaulipas, 1974) Escritora y promotora cultural, ha publicado en la revista *Postdata* de Monterrey y el suplemento «Guardagujas» de *La Jornada* de Aguascalientes, así como en los medios electrónicos *Letralia* y *15Diario*. En 2011 obtuvo el primer lugar en la tercera categoría del concurso convocado por el IPN-Campus Reynosa con el cuento «Contrastes».

FABRIZIO MEJÍA MADRID

(Ciudad de México, 1968) Es autor de las novelas, *Viaje alrededor de mi padre* (2004), *Hombre al agua* (2004), que recibió el Premio Antonin Artaud, *El rencor* (2006), *Tequila, DF* (2009), *Disparos en la oscuridad* (2011) y *Vida digital* (2012), un monólogo insomne de lo que el autor ha bautizado como «novela de antiayuda». Actualmente es colaborador de las revistas *Proceso* y *Gatopardo*. Está antologado, entre otras, en *The Mexico City Reader* (University of Wisconsin Press, 2004) y *A ustedes les consta*, la antología de crónica mexicana de Carlos Monsiváis. Ha publicado los libros de crónicas *Pequeños actos de desobediencia civil* (1996), *Entre las sábanas* (1995), *Salida de Emergencia* (2007), *La edad del polvo: historia natural de la ciudad de México desde mi ventana* (2009) y *Días contados* (2012). Junto con el dibujante José Hernández, es autor de una historieta: *Septiembre. Zona de desastre* (2013).

ÉLMER MENDOZA

(Culiacán, México, 1949) Es catedrático de literatura en la Universidad Autónoma de Sinaloa. Actualmente es miembro correspondiente de la Academia Mexicana de la Lengua, así como del Sistema Nacional de Creadores de Arte y de El Colegio de Sinaloa. De 1978 a 1995 publicó cinco volúmenes de cuentos y dos de crónicas y en 1999, su primera novela, *Un asesino solitario*. Con *El amante de Janis Joplin* obtuvo el XVII Premio Nacional de Literatura José Fuentes Mares y con *Efecto tequila* fue finalista en el 2005 del Premio Dashiell Hammett. En 2006 apareció su cuarta novela, *Cóbraselo caro*, y en 2008, *Balas de plata*, merecedora por unanimidad del III Premio Tusquets Editores de Novela. Después de *La prueba del ácido* y *Nombre de perro*, Tusquets publicó su emblemático libro de relatos, *Trancapalanca*, en una nueva edición.

JULIO PESINA

(Ciudad Victoria, 1973) Obtuvo el Premio Nacional de Cuento Joven Julio Torri 2002 y el Premio Binacional de Novela Joven Frontera de Palabras 2008-2009. Ha publicado el libro de cuentos *Que los muertos vivan en paz* (2003), el volumen misceláneo *Textos insumisos* (2007) y la novela *Culpable de nada* (2008).

IRMA PINEDA

(Juchitán, Oaxaca, 1974) Es poeta, ensayista y traductora binnizá, pertenece al Sistema Nacional de Creadores de Arte. Es autora de varios libros de poesía bilingüe (zapoteco-español), como *Nostalgias del mar* (2006) y *De la Casa del ombligo a las Nueve Cuartas* (2009). Sus ensayos han sido publicados por la Universidad de Siena, Italia, la Unistmo y el Colegio de Guerrero, A.C. Su obra, traducida al inglés, alemán, italiano, portugués, serbio y ruso, aparece en diversas antologías de América y Europa.

PEPE ROJO

(Chilpancingo, Guerrero, 1968) Es autor de *Ruido Gris*, *Yonke*, *Punto Cero* e *Interrupciones*. Escribe ficción y ensayo para varias publicaciones, es cofundador de la editorial Pellejo/Molleja, donde coeditó *Número X*, *Sub* y *Pulpo Cómics*. Coordinó la intervención urbana «Tú no existes» —junto a Deyanira Torres— y las instalaciones de video «Psicopanoramas». Dirigió también la intervención gráfica «Diccionario Filosófico de Tijuana», dos colecciones de Minibúks y la serie de intervenciones «Desde aquí se ve el futuro» en la garita de San Ysidro. Produce historias interactivas para Alteraction. Ha trabajado en televisión, multimedia, docencia y ha ganado un puñado de premios literarios y audiovisuales. Actualmente vive en Tijuana.

Daniela Tarazona

(Ciudad de México, 1975) Es autora de las novelas *El animal sobre la piedra* (2008) y *El beso de la liebre* (2012). En 2009 publicó en Nostra Editores el libro de ensayo *Clarice Lispector*. Se han publicado textos suyos en antologías tanto en México como en España.

Últimos títulos

70. Clima de miedo
    Wole Soyinka

71. El rechazo de las minorías
    Ensayo sobre la geografía de la furia
    Arjun Appadurai

72. Tiempos líquidos
    Vivir en una época de incertidumbre
    Zygmunt Bauman

73. La luz viene de Occidente
    El reencantamiento del mundo
    y el pensamiento nómada
    Daryush Shayegan

74. Moriré, pero mi memoria sobrevivirá
    Una reflexión personal sobre el sida
    Henning Mankell

75. Al margen de Europa
    Pensamiento poscolonial y diferencia histórica
    Dipesh Chakrabarty

76. Después del imperio
    Paul Gilroy

77. Antígona y el duelo
    Jordi Ibáñez Fanés

78. Salvar tu vida
    La superación del maltrato en la infancia
    Alice Miller

79. Conductas y actitudes
    Carlos Castilla del Pino

80. Libertad de conciencia
    Martha Nussbaum

81. La muerte como espectáculo
    Michela Marzano

82. Los dos caminos de la filosofía
    André Glucksmann

83. El poder y la fuerza
    La seguridad de la población civil
    en un mundo global
    Mary Kaldor

84. La paradoja del amor
    Pascal Bruckner

85. Programados para triunfar
    Nuevo capitalismo, gestión empresarial y vida privada
    Michela Marzano

86. Plástico
    Un idilio tóxico
    Susan Freinkel

90. La materia oscura
    Historia cultural de la mierda
    Florian Werner

    Hacia una teoría general sobre los hijos de puta
    Un acercamiento científico a los orígenes de la maldad
    Marcelino Cereijido

    La primera gran crisis mundial del siglo XXI
    F. Alejandro Villagómez

Culturas y memoria: manual para ser historiador
Una invitación teórica y práctica para reescribir
el pasado y reinventar el presente
   Mauricio Tenorio Trillo

Leo a Biorges
   Álvaro Uribe

Pornografía
Obsesión sexual y tecnológica
   Naief Yehya